너에게

선물할게,

신문 테라피

가드너벼리 지음

FOREST
WHALE

괜찮지 않아도 괜찮다

오십을 바라보는 나이에야 알았다. 가장 가까운 가족 안에서 내가 왜 그렇게 힘들었는지. 어린 시절에 받은 상처는 늘 내 안에 있었다. 감정을 느끼는 법도, 표현하는 법도 모른 채 참고만 살았다. 그렇게 살았더니 중년에 한꺼번에 터졌다. 와르르 쏟아져 버린 마음을 마주하고서야 깨닫게 됐다. 나를 알고, 내 감정을 드러내며 살아야 한다는 사실을. 이제야 비로소 나를 찾는 중이다.

상처투성이인 나는 가방끈이 길지도 않고 글을 써 본적도 없다. 그런 내가 나를 가만히 보듬어주기 시작했다. 조금씩 신문을 읽고 써 보니 알게 되어서다. 그 누구도 아니라 바로 나 자신이 나를 사랑해야 함을 깨달았다. 그리고 마음 근육이 단단해야 한다는 것도. 하지만 여전히 나는 어리숙하고 더디다. 전문대 졸업하고 최저 시급

받던 나도 지금도 성장하고 있는 바로 나도 말이다. 그 누구도 아닌 바로 나이기에 괜찮지 않아도 괜찮다.

이리저리 부딪히는 인생을 겪으며 나 스스로 조금씩 단단해지고 있다. 건강하기 위해 근육이 필요하듯 마음에도 근육이 필요하다. 그걸 종이신문을 읽으며 깨달았다. 또한 바로 내가 올곧게 서야 한다는 것을. 그리고 나를 사랑하고 존중해야 타인도 나를 그렇게 대한다는 중요한 사실을 알게 되었다. 세상을 비추는 거울인 신문. 그걸 넘기는 내 손끝에 감정이 머문다. 내 인생 속 소용돌이에서 신문은 진짜 나를 찾게 만든 안내자였다. 신문을 활용해 오리고 붙이고 끄적거리며 비로소 살아갈 숨통이 트였다. 게다가 어르신과 수업하며 느꼈다. 나이가 많아도 자신의 감정을 모르고 살 수 있다는 것을 말이다. 그래서 알리고 싶었다. 우리 모두 '진짜 나'를 찾아가는 여정을 함께 했으면 좋겠다고 말이다. 각자 흘러가는 인생을 나답게 반짝이며 살아갔으면 한다.

목차

2부___ 마음이 깨지는 소리

3부___ 내 감정을 읽어주는 종이

4부___ 함께 쓰는 신문 일기

5부___ 읽고 쓰며 나를 안아주다

1부

흔들리면서 살아낸 시간

저랑 신문 테라피 하실래요?

신문 테라피란? 신문을 통해 마음을 들여다보고 알맞게 위로하는 것. 『김향란 NIE 전문가』

살아가다 보면 누구나 인생 속 파도를 만난다. 길을 잃은 채 막막한 순간도 있고, 짙은 안개 속 섬처럼 고립되기도 한다. 인생이란 똑바로 나 있는 게 아니라, 때로는 돌아가거나 스스로 길을 만들어야 할 때도 있다. 우리 각자 삶은 고유하다. 그래서 내가 어떤 사람인지를 알고 있는 사실이 중요하다. 그것만으로도 삶을 버텨낼 힘이 생긴다. 하지만 나는 오십을 바라보도록 나를 몰랐다. 그저 안개 속에서 누군가가 나를 꺼내주기만을 기다렸다. 심리학에서 말하는 '자기소외' 상태였다. 내 욕구와 감정을 제대로 바라보지 못한 채 살아왔다는 뜻이다.

내 삶을 주체적으로 살지 않으면서 언제나 나 자신은 맨 나중이었다. 자기소외 상태에서 타인에게 길들여버린 삶을 살았다. 그렇게 반복된 내 삶 속 그 어디에도 나는 존재하지 않았다. '나만의 욕구'는 무엇인지도 모르고 지쳐만 갔다. 그랬더니 몸까지 아프기 시작했다. 누구도 인생을 살아가는 방법을 알려주지 않는다. 내면에 귀 기울이며 나를 온전히 바라봐야 한다. 그렇게 나 스스로 인생에서 올곧게 서게 되면 힘든 순간이 와도 살아낼 힘이 생긴다.

나를 아는 것. 인생의 파도를 넘어 스스로 살아내는 것. 닫힌 마음의 창을 여는 것. 그리고 어두운 내 삶을 밝히는 것. 그 모든 게 인생에서 필요하다고 생각한다. 행복은 멀리 있지도 않고 거창하지도 않다. 문득 나는 언제 행복한지 떠올렸다. 커피 마시며 종이신문을 읽는 내 모습이 머릿속에 그려졌다. 생각하니 절로 미소가 지어졌다. 신문을 오리면 너무 얇아서 찢어질 수도 있겠다고 생각했다. 또한 풀칠하다 손가락에 풀이 묻어 끈적거리기도 한다. 엄지와 검지에서 느껴지는 끈적거림을 통해 내가 살아있는 느낌을 받기도 했다. 신문을

읽고 오리고 붙이고 끄적거리기를 통해 마음을 들여다
보고 알맞게 위로하는 것. 그것이 바로 내가 행복을 느
끼고 결국 나를 안아준 '신문 테라피'다. 신문 테라피하
고 있을 때가 행복하다. 신문 속에 있는 단어, 사진이 나
에게 말을 건넨다. 그러면서 내 마음을 온전히 들여다
보고 나 스스로 위로받는다. 꾸준한 움직임이 근육을
만들 듯 마음도 마찬가지다. 마음 근육을 키우기 위해
나는 매일 신문을 읽는다. 나를 알고 더불어 인생의 파
도를 넘을 힘을 기르려고. 오늘도 나는 신문 테라피 한
다. 우리 같이 신문 테라피 할래요?

종이신문, 잊힌 향기를 찾아서

따스한 라테 한 잔과 함께 종이 신문을 쫙 펼쳤다. 바스락거리는 소리가 들리는 순간 잊혔던 향기가 어디선가 났다. 그건 단순히 종이에 깊게 베인 기름 냄새가 아니라 추억과 이야기가 담겨있는 향기였다. 향기가 내 코를 지나 어디론가 다다를 때 손가락 끝으로 기사를 쓰다듬었다. 신문 속에 담긴 이야기가 나에게 말을 건네고 있었다.

신문에서 홈 베이스를 향해 팔을 쭉 펼치며 슬라이딩하는 야구선수를 보았다. 멈춰져 있는 사진이 꽤 역동적으로 느껴졌다. 전력을 다한 야구선수의 슬라이딩을 보니 어떤 일에 온 힘을 다해 몰두하는 '열심'이라는 단어가 떠올랐다. 나는 인생을 살면서 열심이었던 적이 있었나? 그렇게 내 기억 속 추억이 소환됐다. 고등학교

1학년이 되자마자 마음 맞는 친구와 농구동아리를 만들었다. 모르는 사이에 조금씩 나아지리라는 뜻을 가진 '시나브로'라고 동아리 이름을 지었다. 조금씩 농구와 친해지면서 나는 열렬히 농구를 사랑했다. 농구에 대한 열정으로 우리는 매일매일 연습을 거듭했다. 어디선가 농구공 튀는 소리만 들려도 가슴이 벅차올랐다. 그렇게 고등학교 시절 친구들과 함께한 농구에 관한 추억을 떠올리니 신문 속 야구 선수에게 깊은 공감이 들었다.

열정이 가득한 향기를 머금은 신문을 통해 떠올랐다. 열렬하게 농구를 사랑했던 그때가. 그렇게 무언가에 열심이었던 적은 없었다. 지금 내 모습이 뇌리를 스쳐 갔다. 나는 현재 열정 가득한 삶을 살고 있나? '농구했던 시절처럼 격정적이고 열렬한 열정은 아니겠지만 은은한 열정은 갖고 있지 않나?'하는 생각이 들었다. 나에게 스며들 듯 들어와 버린 종이신문이 바로 그것이었다.

은은한 열정이 담긴 신문을 읽을수록 신문이 나를 이끈다고 느껴진다. 단순하게 정보를 전달하는 것만이 아니라 감정까지 말이다. 게다가 신문을 통해 다시 연결하는 힘마저 느낀다. 잊고 있던 열정이 떠올라 오랜만에 연락한 친구와 한참 동안 수다를 떨었다. 종이신문은 우리를 그렇게 하나로 이어주었다. 마치 <응답하라 1988> 드라마 속 골목길처럼 말이다. 동네 사람들이 거기에 모여 이야기도 나누고 정겨웠던 그 골목길이 나에겐 마치 신문과도 같다. 종이신문을 읽으며 커피 한 잔 마시는 그 순간이 나에게는 한없이 안온한 시간으로 다가온다. 새로운 하루가 시작되는 아침, 내 삶을 풍요롭고 단단하게 만들어주는 이야기들이 시작된다. 종이신문을 펼치는 순간 말이다. 신문은 나에게 잊힌 향기를 되찾아준 소중한 선물이다. 기억 끝, 저 밑바닥에 묵혀 있던 그 악취마저도.

투둑투둑, 떨어진 똥

때는 1988년. 오래된 골목길 초입에 있던 집, 일 층에 우리 가족은 살았다. 이층에는 주인집이 산다. 거기엔 아주 조그만 마당이 있다. 일 층 우리 집 현관에서 낮은 계단 두 개를 밟고 마당을 지나면 곧바로 커다란 짙은 초록색 대문이다. 닫힌 대문을 바라보며 한 아이가 서 있다. 볼을 타고 흘러내리는 따뜻한 액체를 손등으로 비벼댄다. "엄마."하고 부르며 열릴 기미가 없이 굳게 닫힌 문을 바라보고 있다. 얼마나 시간이 흘렀을까? 엄마를 연신 부르던 어린아이는 왼발을 살며시 들고 땅에 발을 디뎠다. 그때다. 투둑투둑, 떨어졌다. 바지 사이로 떨어진다. 똥이다. 어린아이는 황급히 고개를 좌우로 저으며 주위를 살핀다. 다행히도 골목길엔 아무도 없다. 아무도 없다는 걸 살펴대며 터덜터덜 걷기 시작한다. 어기적대며 걷는 어린아이는 불편한 듯 낯빛이 어두워진다.

정확히 기억나지 않는 계절이었지만 옷차림이 두껍지는 않았다. 고로 겨울은 아니다. 학교 다니는데도 불구하고 나는 대변을 가리지 못했다. 그날도 여전히 나는 옷 입은 채로 똥을 쌌다. 똥이 마려우면 화장실에 가야지 왜 옷에다 똥을 싸냐며 혼내던 엄마는 나를 결국 집에서 쫓아냈다. 바지에 한가득 싸 버린 똥과 함께 쫓겨난 나는 누군가 마주칠까 두려웠다. 그래서 인적이 드문 골목길을 찾아 걷기 시작했다. 한동네에서 살던 외할머니가 나를 찾아 할머니네로 데려가 씻겨줄 때까지.

사람들은 유년 시절을 떠올리면 어디까지 생각날까? 나는 예전 기억이 떠오르지 않는다. 이게 내 인생에서 가장 오래된 기억이다. 초등학교 입학 전 기억은 없다. 마치 누군가 그 부분만 도려낸 듯 말이다. 다만 몇 장 남아있지 않은 어린 시절 사진을 보며 추측할 뿐이다.

나는 내가 대소변도 못 가리던 바보인 줄 알았다. 그게 틀렸다는 건 나중에야 알게 되었다. 부모님이 이혼한 후 나는 우리 엄마(키워준 엄마)를 다섯 살에 만났다. 다섯 살 전에 분명 가렸던 대소변이었지만 엄마를 만나고 초등학교에 들어가서도 나는 자꾸만 실수했다. 옷에 똥을 싸면 엄마에게 혼나거나 맞을까 봐 두려웠다. 차마 똥 쌌다고 말도 못 하고 옷에 똥을 품고 있었다. 어디선가 풍기는 냄새를 맡고 엄마가 알아차리면 더 혼났다. 그러면서도 말조차 못 꺼냈다. 못난 년이 옷에다 똥을 싸고 심지어 우라질, 많이 싼다고 혼났다.

화장실 청소하려고 쭈그리고 앉자마자 가장 오래된 기억이 떠올랐다. 청소 솔에 빨랫비누를 묻히는 순간 한숨이 새어 나왔다. '엄마에게 나는 왜 그렇게 맞아야 했던 걸까?' 그 답을 찾고 싶어졌다. 묻힌 솔로 바닥을 박박 문지르자 바닥 타일 줄눈이 하얘진다. 내 마음도 깨끗해지고 싶다. 답을 찾으면 깨끗해지려나?

주말마다 간 목욕탕

　화장실 청소를 하다 또 다른 기억이 꼬리를 물 듯 다가왔다. 주말이면 어김없이 우리는 목욕탕에 갔다. 요즘 흔히 알고 있는 찜질방이 아니라 옛날 동네에 하나쯤은 다 있던 대중목욕탕이었다. 거기에는 온탕과 냉탕, 그리고 사우나가 있다. 게다가 세신 가능한 베드가 두 개 있었다. 목욕탕에 갈 때마다 두 개의 베드 중 하나에는 우리 엄마가 누워있었다. 나는 원하지 않았지만 매주 꼭 목욕탕에 가서 때를 밀어야만 했다. 증조할머니, 할머니, 엄마, 나 그리고 동생들, 모두 여자였다. 동네에 같이 모여 살았던 우리 가족은 별다를 일이 없으면 다 함께 주말마다 목욕탕에 갔다. 그러다가 세월이 흘러 증조할머니와 할머니만 따로 다니게 되었다. 그때부터 나는 목욕탕 가는 게 더욱 싫어졌다.

샤워기 물을 틀고 동생들 몸을 비누칠해 주고 바삐 헹군다. 나 또한 비누칠하고 이내 곧 몸을 헹구고는 뜨거운 탕으로 향한다. 발가락을 먼저 탕에 살짝 넣자마자 몸이 부르르 떨린다. 너무 뜨거워 들어가기 싫지만, 엄마 잔소리가 폭탄처럼 쏟아질까 봐 얼른 탕으로 들어간다. 온몸이 따가워서 두 손으로 엉덩이를 비벼댄다. 엉덩이, 허벅지, 그리고 등까지 전부 다 너무 따갑기만 하다. 손바닥으로 비벼대니 그나마 조금 나아진다. 따가운 것도 잠시, 벗은 내 몸을 누가 볼세라 턱 밑까지 뜨거운 탕 속으로 욱여넣는다. 시간이 흘러 탕에서 나오고 보니 온몸이 벌겋다. 목욕탕 의자에 앉아 오른손에 장착한 때수건으로 왼손등을 살살 밀어본다. 때가 나오지는 않고 그저 벌게진다. 그걸 본 엄마가 다시 탕에 들어갔다 오라고 한다. 바가지에 물을 담아 몸에 끼얹고 다시 탕에 들어간다. 아까보다 따갑게 느껴지진 않지만 뜨거운 탕이 너무나도 싫다. 그래도 엄마한테 혼나는 것보다는 낫다. 다시 탕에서 나와 때를 밀기 시작하자 이제서야 까만 국수가 나온다. 여기저기 흩어지는 까만 국수를 보며 바가지에 물을 담아 끼얹는다. 어느덧 국수가 까만색에서 연한 회색으로 바뀌었다. 이만하면 되었

다고 생각했다. 때수건을 빤 뒤 탕에 들어갔다가 나오
기를 반복하던 동생을 불러 내 옆에 앉히고는 때를 밀
기 시작했다. 아토피가 심한 내 동생은 내가 조금만 힘
주어 때 밀어도 아프다고 한다. 팔이 접히는 곳은 이미
나무토막처럼 굳어져 있고 무릎 뒤편도 마찬가지다. 나
무토막처럼 굳어져 있는 곳들은 때수건으로 잘못하면
피가 나기도 해서 조심해야 한다. 게다가 동생은 나에
게 협조적이지도 않다. 자꾸 몸이 늘어지거나 뒤로 내
빼서 때를 밀어야만 하는 나로선 여간 힘든 게 아니다.
벗은 내 몸에서는 탕에서 나올 때 묻었던 물인지 내 땀
인지 모를 것들이 목욕탕 바닥에 뚝뚝 떨어진다. 막냇
동생 때를 밀려고 하는 순간, 엄마가 오늘은 자신이 막
내를 밀겠다고 한다. 안도의 한숨을 내쉬었다.

떠올려보면 나도 어린 나이였다. 언제나 엄마는 세신
받느라 어김없이 동생 두 명은 내가 책임져야만 했다.
너무 고됐다. 하지만 언제나 내 등은 엄마가 밀어주었
다. 목욕탕 가는 건 분명 싫은데도 불구하고 엄마 손길
이 닿는 그 순간만은 좋았다. 평소에는 접할 수 없는 엄
마 손길이 때수건 안에서 살며시 느껴졌다. 비록 애정

어린 손길은 아니었지만 마냥 좋았다.

시집도 안 간 엄마는 갑자기 다섯 살인 나를 키우게 되었다. 엄마는 목욕탕에서 내 등을 밀어줄 때 무슨 생각을 했을까? 어떤 마음이었을까? 그건 잘 모르겠지만 어른들 세상 속에서 길을 잃고 헤매던 어린아이인 나는 떠밀리듯 살았다. 엄마의 말 한마디, 손길 하나에 목말랐던 나는 스스로 선택하지 못 했지만 엄마는 유부남이었던 아빠와 시작하기로 선택했다. 아빠는 딸인 나를 데려가고 친엄마는 아들인 내 남동생을 데려갔다. 그렇게 나와 남동생은 헤어졌다. 우리 남매가 그렇게 되길 원했을까? 아니다. 아니었을 거다.

마흔이 넘은 나는 내 아이에게 어른이라고 해서 다 올바르고 현명하지 않을 수 있음을 말한다. 어린아이도 자신만의 생각이 있다고 생각한다. 어린 나에게는 어떤 어른도 내 감정이나 생각을 물어보지 않았다. 하지만 나는 내 아이에게 생각이나 감정을 되물을 거다. 아이 스스로 생각이나 감정을 인식하며 되새김할 수 있는 시간을 갖게 할 거다. 우리는 인생을 살며 수많은 선택의 기로 앞에 놓인다. 선택의 갈림길을 만났을 때, 보다 더 나은 선택을 하기 위해 필요한 건 자기 스스로 생각하고 선택해야 한다는 걸 느낀다. 그러려면 내 생각이나 감정을 잘 인지해야 한다.

알람이 울리는 아침이면

어디선가 멀리서 노랫소리가 들려온다. 어라? 조금씩 소리가 커져 이제는 귓가에서 엄청나게 크게 들린다. 뭐지? 깜깜하다고 생각했는데 알고 보니 눈을 감고 있었다. 눈을 뜨니 바로 옆에서 동생이 자고 있다. 하지만 알람 소리가 들리지 않는 듯 곤히 잔다. 핸드폰에 맞춰 둔 알람을 끄고 시간을 보니 벌써 아침이었다. 일어나야 하는데 내 몸은 이불 속으로 더 기어들어만 간다. 딱 5분만 더 자고 싶어서 이불을 얼굴 위로 끌어올렸다. 이불 감촉이 부드러워 노곤해지려는 순간 엄마가 방문을 열고 들어왔다. 저절로 눈이 동그랗게 떠진 나를 흘깃 바라보곤 벽에 붙어 자는 동생을 보며 다정하게 말을 건넨다.

"우리 딸~. 얼른 일어나자."

다정한 엄마 목소리를 뒤로하고 이불을 옆으로 걷어

낸 나는 곧바로 침대에서 나와 화장실로 향했다. 아직
내 체온이 남아있는 자리에 걸터앉은 엄마가 동생 다리
를 주무르기 시작하는 게 보였다. 화장실 문 너머로 신
경질적인 소리가 곧바로 들린다.

"졸려! 더 잘래."

번갯불에 콩 구워 먹듯 짧은 세안을 마친 뒤 양치했다.
방으로 들어서자 겨우 일어난 동생을 등에 업은 엄마가
힘겹게 걸음을 옮기는 모습이 눈에 들어왔다. 그저 동
생이 부러웠다.

다섯 살 때부터 나는 혼자 방을 썼다. 그러다 오히려
성인이 된 후 중학생인 동생과 방을 같이 쓰게 되었다.
동생이 학군지에서 고등학교를 다녔으면 하는 엄마가
선택한 결과였다. 동생들과 나는 나이 차가 많이 난다.
바로 아래 동생은 여덟 살 차이가 나고 막냇동생과는
띠동갑이다. 우리 둘 다 닭띠이다. 부모님은 밤에 일을
하고 낮에 잠을 자야 하는 직업 특성상 막내는 외할머
니네서 자랐고 주말에만 집에 오곤 했다. 아침마다 일
어날 때면 다정하게 동생을 깨우는 엄마를 보곤 했다.
매일 들리는 날카로운 기계음에 눈을 뜨던 나와는 전혀

달랐다. 한 침대에서 극명하게 온도가 다른 우리 둘이었다. 그 온도를 뒤바꾸고 싶었다.

　매일 울리는 알람 소리로 하루가 시작된다. 기울어진 저울 마냥 시작되는 게 마뜩잖았다. 엄마 사랑을 한가득 받으면서 하루를 시작하는 동생이 미웠다. 초등학교 1학년 때 태어난 내 동생은 우리 엄마에게는 첫 아이였다. 오롯이 동생에게 사랑을 주는 엄마를 마주할 때마다 내 마음은 복잡미묘했다. 엄마가 나도 바라봐주길 간절히 바랐다. 얼마나 애가 타게 엄마 사랑을 갈구했는지 모른다. 언제부터인지 앉고 서고 일어설 수 있는 바닥과 내 몸뚱이가 서로 맞닿았다. 구덩이가 있는 게 아니었지만 일어서지 못했다. 그곳에서 일어나려면 그저 바닥을 짚고 일어나면 되었다. 단지 그뿐이었다. 하지만 바닥과 나는 한 몸이 되어 일어설 줄 몰랐다. 일어서는 방법을 아예 모르는 사람처럼. 나는 그냥 바닥이었는지도 모른다.

개미 케이크

중학생 때였다. 베란다에 먹다 남은 케이크가 있었는데 딸기 생크림 케이크였다. 상해 버리면 아까우니 엄마가 베란다에서 갖고 오라고 했다. 베란다에 있는 케이크를 가지러 갔는데 뭐지? 흰 베란다 바닥에 무언가 까맣고 얇은 선이 보였다. 앗? 선이 움직이네? 자세히 들여다보니 개미들이었다. 딸기 케이크가 든 상자를 얼른 바닥에서 들어 올렸다.

"으아…."

내 얼굴은 찌그러지고 입에서는 소리가 절로 새어 나왔다. 베란다에서 개미들이 따라 들어올지도 몰라 얼른 베란다 문부터 닫았다. 케이크 상자를 주방 탁자 위에 올려놓고 열어 보니 상자 안에도 온통 까만 개미였다. 움직이는 개미들을 바라보니 머리 부분만 하얗게 보였다. 그건 바로 케이크 조각이었다.

"엄마! 케이크에 개미가 있어요!"

"뭔 소리야?"

"케이크에 개미가 잔뜩 있어요. 애네들이 케이크 먹나
봐요."

엄마가 주방으로 걸어와 상자 안을 쳐다보았다. 개미
떼를 바라보는 엄마 얼굴이 일그러졌다. 그러더니 나만
그 개미 케이크를 먹으란다. 그냥 버리기 아깝다고.

동생은 생크림 케이크를 좋아하고 나는 치즈케이크를
좋아한다. 하지만 내가 무슨 케이크를 좋아하는지 가족
들은 몰랐다. 언제나 동생이 좋아하는 케이크를 샀으니
까. 마흔을 바라보는 내 생일날, 우리 아빠가 케이크를
사 왔는데 그건 바로 모카 케이크였다.

"아빠, 나는 모카 케이크 제일 싫어해."

"그, 그래? 나는 네가 모카 케이크를 좋아하는 줄 알았어."

무언가를 해 줄 경제적 능력은 없지만 그래도 고군분
투하며 살고 있는 큰딸을 위해 케이크라도 사 온 아빠
마음은 알겠다. 하지만 어릴 적 개미 케이크를 먹은 후
로는 케이크만 보면 마음이 엉겨 붙은 느낌이 든다. 특
히나 커다란 홀 케이크를 보면 더 그렇다. 조각 케이크

는 그나마 괜찮다. 이런 게 트라우마일까?

음식에 대한 욕심이 많은 걸 식탐이라고 하는데 그러고 보면 난 어릴 때부터 식탐이 강했다. 먹어도 먹어도 배가 고팠다. 혼자서는 치킨 한 마리, 피자 한 판도 먹었다. 라면은 두 개를 끓여 먹고는 밥까지 말아먹을 정도였다. 다만 가족과 함께 외식하거나 밥을 먹을 때는 달랐다. 입 짧은 동생이 잘 크지 않자 걱정된 엄마는 동생이 우선이었다. 동생이 좋아하던 음식을 내가 더 많이 먹다가 제대로 혼이 난 뒤로는 엄마가 점점 더 무서워졌다. 매번 끼니마다 눈치를 봤다. 동생이 먹지 않는 음식은 내 마음대로 먹어도 되었다. 하지만 동생이 좋아하는 음식을 내가 먹을 때면 어김없이 엄마에게 잔소리를 들었다. 식구들과 밥 먹을 때면 언제나 헛헛했다. 아무리 먹어도 마음에 구멍이 뻥 뚫린 듯 허전했다.

습관일지 관성일지 모르겠지만 지금도 나는 여전하다. 눈치 보다가 누군가 먹지 않는 걸 먹는다. 다만 요즘은 나라는 존재를 인식하면서 남의 눈치를 보지 않으려 노력하고 있다. 지금은 눈치 주는 엄마가 없는데도 불구하고 내 몸에 배어버린 습관을 걷어내려 애쓰고 있다. 나는 딸기를 참 좋아한다. 딸기를 좋아하지만 비싸서 자주 못 먹는다. 그래서 혹시라도 딸기를 사면 이제까지는 아들이나 아이, 아빠한테만 주었다. 이젠 나도 딸기를 먹기 위해 예쁘고 정성스럽게 그릇에 담는다. 오늘도 그릇에 놓인 나만의 딸기를 입에 넣었다. 입안에 딸기 내음이 가득했다. 문득 아슴푸레한 수증기같이 개미 케이크를 먹던 내 모습이 모락모락 피어났다가 증발해 버리고 지금 먹고 있는 딸기향만이 나를 감싸고 있었다.

이방인

   초등학교 다니며 짝꿍을 정할 때면 키 순서대로 쭉 늘어섰다. 복도에 남자 한 줄, 여자 한 줄로 길게 서면 앞에서부터 한 명씩 짝이 정해졌다. 나는 여자 줄 뒤에서 세 번째였다. 초등학교 때부터 키가 큰 편이었다. 중학생이 되고부터는 농구를 좋아해서 매일 연습했다. 농구를 꾸준히 해서인지는 모르겠지만 키가 멈춘 또래들과 다르게 나는 고등학생까지도 키가 자랐다.

   주말마다 우리 가족은 언제나 백화점에 갔다. 동대문에서 옷 장사를 하던 부모님이 시장조사를 해야 했기 때문이었다. 언제나 사이좋은 엄마와 동생은 팔짱을 끼고 걸어간다. 그 둘이 팔짱 끼고 걷고 있으면 바로 그 옆에 막냇동생이 옆에서 걷는다. 처음 백화점에 갔을 때 나는 맨 앞에 걸어갔다. 그럴 때면 언제나 뒤에서 말하는 소리가 들렸다.

"멀대 같이 키만 커."

"엄마, 언니 엉덩이 좀 봐. 너무 크다."

엄마와 동생이 깔깔거리며 내 뒤에서 엉덩이가 크다거나, 키는 왜 저렇게 크냐며 비웃는 소리가 어김없이 들려온다. 그렇게 말하는 걸 들을 때마다 나는 움츠러들었다. 그러다 어느 순간부터 우리 가족이 먼저 걸어가면 나는 적당한 거리를 두고 걸었다. 뒤에서 걸으면 앞서가는 나를 두고 이러쿵저러쿵 안 할 테니까. 다 같이 모여서 거실에서 텔레비전을 볼 때 다리를 쭉 폈다.

"다리도 긴 게 어디서 다리 펴서 보고 앉아 있냐?"

엄마의 핀잔을 여러 번 들은 뒤로는 소파에 등을 기대고 바닥에 앉는다. 다리는 양손으로 끌어당겨 무릎을 세우고 보거나 다리를 포개어 옆쪽으로 가지런히 놓고 보았다. 가족과 함께 텔레비전을 볼 때면 자세가 불편했다. 비단 자세만은 아니었다. 보는 내내 마음도 좌불안석이었다. 텔레비전을 보다 웃거나 울면 그럴 때마다 또 혼났다. 이래도 혼나고 저래도 혼나는 상황의 연속이었다.

다섯 살부터 살게 된 이곳에서 가족은 점점 늘어갔다. 결국 우린 다섯이 되었다. 하지만 가족 중 언제나 나는 이방인이었다. 키가 큰 것도, 엉덩이가 큰 것도 게다가 텔레비전을 보다 웃거나 울어도 혼났다. 매일 엄마한테 혼나기만 했다. 나는 위축되다 못해 쪼그라들었다. 숨쉬기 힘든 이곳이 나에게는 감옥 같았다. 여기서 탈출하기만을 바랐다. 나갈 방법은 결혼밖에는 없었다. 그게 유일한 방법인 줄로만 알았다. 엄마 사랑을 목 빠지게 바라면서도 이 세상에서 제일 무서운 존재 또한 엄마였다. 주말마다 열린 가족회의에서 엄마는 가족의 의미를 당부하곤 했다.

"가족이란 자매끼리 우애롭게 지내고 첫째는 동생들 잘 챙기고. 알았지?"

옷을 입을 때에 가끔 단추를 잘못 채울 때가 있곤 하다. 단추를 잠그다 보면 나중에 짝이 안 맞아 잘못 잠근 걸 깨닫는다. 엄마가 말하는 가족에 과연 나는 포함되었던 걸까? 우리 가족이라는 옷에서 나는 단추 짝이 안 맞게 채운 존재일까? 내가 생각한 유일한 탈출 방법인 결혼이 정답이 아니라는 걸 그땐 몰랐다. 그저 벗어나고만 싶어서 수동적으로 생각했던 결과인지도 모른다.

자유를 꿈꾼 나에게 결혼이 또 다른 감옥이 될 줄은 말
이다.

날려 버린 소중한 기회

나는 전문대를 졸업했다. 돌이켜보면 중학교 때까진 공부를 곧잘 했지만, 인문계 고등학교를 진학하자마자 공부 잘하는 애들이 참 많다는 걸 깨달았다. 내 성적은 딱 중간이었다. 더군다나 나에게는 미래에 대한 꿈마저 없었다. 감옥 같은 집을 그저 탈출하고 싶은 생각만 들었다. 친구들 대부분 인문계 고등학교를 진학했기에 그저 나 또한 친구 따라 진학했다. 고등학교에 가자마자 마음 맞는 친구를 만나 농구동아리를 만들었다. 계집애가 무슨 농구를 하냐며 고개를 흔들어대던 엄마를 뒤로하고 나는 공부보다 농구에 더 전념했다. 난생처음으로 하고 싶은 게 생겼다. 체대에 진학하고 싶은 마음이 샘솟았다. 농구동아리였던 친구가 체대 지원하기 위해 입시 체육학원에 등록했을 때, 나도 같이 다니고 싶었다. 아빠에게 내가 하고 싶은 걸 말했지만 우리 집에서는 절대 권력자인 엄마의 반대로 접어야 했다. 처음으로 하고 싶은 게 생겼지만 이루지 못했다. 엄마라는 거대한 산을 넘을 생각조차 못 했다. 성적도 별로인 내가 갈 수 있는 대학도 거의 없었다. 여자가 지방 대학교에 가면 안 된다는 부모님 말씀에 도대체 어쩌라는 건가 싶었다. 지방으로 가면 집에서 통학이 안 되니 하는 말씀이었다. 불현듯 중학생 때 가족여행으로 갔던 홍콩이 떠올랐다. 그때 사람들을 인솔하며 홍콩을 소개해 주던 가이드 언니가 떠올랐다. 유창한 영어 실력으로 사람들을 이끌던 언니 모습이 나에겐 마치 영웅처럼 느껴졌다. 가이드를 하면 자주 여행을 가야 하니 집에서도 탈출할 수 있지 않을까? 관광학과에 가고 싶다고 마음먹었지만 이내 곧 그 마음은 접어야만 했다. 부모님은 내가 일본어과에 진학하길 원했다. 동대문에서 옷 장사를 하던 부모님은 일본 출장을 많이 다녔다. 샘플 조사를 위해 다니는 일본에서 내가 일본어로 통역해 주면 좋겠다고 한다. 난 내 인생의 중요한 결정에서 또 밀려났다. 그렇게 내 의지와는 상관없이 전문대 일본어학과 생활은 시작되었다.

전문대 생활을 시작하자마자 나는 반대표를 맡았다. 학창 시절에도 임원이 되어 집에 돌아가면 나댄다며 엄마에게 혼났다. 대학에 가자마자 나댄다며 엄마는 나에게 욕을 퍼부어댔다. 일본어에는 내가 싫어했던 한자가 있다. 한자로 인해 초반 대학 성적은 좋지 않았다. 그러나 교수님, 조교들과는 죽이 척척 맞았다. 어른 중에서 엄마 빼고는 대부분 날 좋아했다. 내가 다닌 전문대는 일본에 자매결연 맺은 학교가 있다. 학생 중 일부 선발해서 그곳에 교환학생으로 갈 수 있는 제도 또한 갖추고 있다. 초반에 안 좋았던 성적은 이내 곧 불기둥처럼 솟았다. 교수님 추천과 올라간 성적 덕분에 나는 교환학생으로 선발되었다. 뛸 듯이 기뻐하며 바로 아빠에게 전화했다. 교환학생 되는 것도 아무나 되는 게 아닐 텐데 우리 딸 잘했다며 칭찬하던 아빠였다. 친구들에게 조만간 일본에 간다며 신이 나서 이야기하고 집에 왔다.

　"넌 안돼! 집 어려운 거 몰라? 난 너 보낼 돈 없어."

　집에 들어오자마자 엄마가 차디찬 말을 쏟아냈다. 마음이 차갑다 못해 시렸다. 그러든지 말든지 엄마는 말을 이어 나갔다.

　"지금 집이 망해가고 있는데 그 돈이 어디 있어? 애는 생각이 있는 거야? 없는 거야? 첫째라는 년이."

집이 어려워졌는데 일본에 보내달라는 철없는 첫째라며 엄마는 악다구니를 썼다. 그렇게 나는 일생일대 절호의 기회를 날려 버렸다. 그 당시 우리 집은 가세가 기울어가고 있었지만 그렇다고 해서 나를 일본에 보내지 못할 형편은 아니었다. 그로부터 몇 년 뒤 진짜로 집이 쫄딱 망했을 때 내가 가지 못했던 일본으로 내 동생은 유학을 떠났다. 월세에 용돈까지 전부 다 부모님이 지원했다. 원래도 자신감으로 꽉 찬 동생은 일본 유학을 다녀온 뒤 자신감이 꽉 차다 못해 철철 흘러넘쳤다.

'과거로 돌아갈 수 있다면?' 살면서 그런 생각을 해 본 적이 있다. 그렇다면 나는 일본 교환학생 기회를 날려버린 그때로 돌아가고 싶다. 고등학교 시절 체대를 꿈꿨던 그때보다 말이다. 일본에서 교환학생 제도를 통해 단 몇 개월일지라도 내 삶을 살아봤을지도 모른다. 그러면 부모에게도 당당하고 연애할 때도 버림받을까 봐 두려워 희생하며 살진 않았겠지. 무엇보다도 내 인생을 주체적으로 살아볼 기회를 얻었을지도 모른다. 인생을 살며 선택하는 순간이 여럿 찾아온다. 내가 가지 못했던 길에 대한 후회가 있을지도 모른다. 하지만 선택을 나 스스로 한다면 후회가 이토록 사무치게 남아있지는 않는다. 남은 내 인생에서도 선택은 여전히 존재한다. 그 순간들에서만큼은 내가 결정하기 위해 나는 지금 노력 중이다. 더 이상 휘둘리지 않고 나 스스로 선택하기 위해 나를 단단하게 만들고 있다.

배드민턴 라켓 사건

　전문대를 졸업하고 드디어 취업했다. 첫 출근날에 부푼 기대감과 일을 잘 해낼 수 있을지에 대한 두려움이 동시에 느껴졌다. 사람들로 꽉 찬 지하철에서 맞이하는 아침이 이상하게도 싫지 않고 어딘가에 소속되어 있다는 느낌으로 충만했다. 그 느낌은 지하철 타고 있는 내가 가슴을 활짝 펴고 허리를 빳빳하게 세우게 하는 원동력이었다. 나와 함께 오늘 처음 출근한 또 다른 직원 소개까지 이어지고 곧바로 업무가 시작되었다. 컴퓨터 활용 능력도 어설프고 일본어 실력도 별로인 게 티 날까 봐 오전 내내 정신 바짝 차리며 긴장했다. 회사 면접 볼 때엔 문제없었다. 전문대 다니는 동안 1학년 1학기 성적을 제외하곤 나쁘지 않았고 일본어로 자기소개를 시켰을 땐 유창하게 대답했다. 컴퓨터를 잘 다루냐는 질문에는 사실대로 말하면 탈락시킬 것 같아 어느 정도

업무 처리할 능력은 된다고 답했다. 왜냐하면 그동안 면접 볼 때에는 사실대로 컴퓨터 능력이 떨어진다고 말했다가 탈락했던 경험이 떠올라서였다. 그래서 인공감미료를 친 대답을 만들었는지도 모른다. 한글 활용 자격증도 취득했는데도 불구하고 실무 경험이 없어서 그랬는지도 모르겠다. 다 함께 모여 점심 먹고 이런저런 이야기를 나누며 돌아와 다시 컴퓨터 앞에 앉았다. 이상하게도 집이 아니라 회사가 나는 마음이 더 편했다. 하나하나 물고 늘어지며 혼내는 엄마가 없어서 좋았다. 우리 회사에서 만든 여행 기획서를 보면서 앞으로 내가 담당할 일본에 대해서 더 알고 싶었다. 관광학과에 가진 못했지만 이렇게 여행사에 취직해서 좋았다. 비록 수습 기간 급여가 50만 원일지라도.

첫날 퇴근 무렵에 신입사원 환영회 겸 회식하자고 했다. 곧바로 엄마에게 전화를 걸어 회식이라 늦을 거 같다고 했다. 그렇지만 돌아오는 대답은 네가 거길 왜 가냐며 나무랐다. 옆에서 듣고 있던 아빠가 환영회를 해준다는데 신입사원이 어떻게 빠지냐면서 엄마를 설득해서 겨우 참석할 수 있었다. 고깃집에서의 회식은 참 좋았다. 내가 무얼 먹든 엄마 눈치 보지 않아서 말이다. 게다가 가족들이랑 먹을 때면 항상 내가 구워야만 했던 고기를 다른 누군가가 굽는다. 한 잔만 마셔도 얼굴이 벌게지고 심장이 뛰어 힘든 나는 술을 못 마신다. 회식 자리에서 술을 입에 대지 않았는데도 두 볼이 상기되었다. 눈치 볼 필요가 없는 회식 자리가 좋아서.

 현관문 비밀번호를 눌렀다. '삑삑', '따르르' 문이 열렸다. 발뒤꿈치를 비비며 신발을 벗고 중문을 옆으로 밀었다. '드르륵' 열렸다. 아래를 향한 내 시선에 엄마 발이 보였다. 고개를 들어 엄마 얼굴이 보일 찰나, 위에서 빠른 속도로 무언가 내려온다. '뭐지?' 피할 새도 없었다. 그렇게 배드민턴 라켓이 내 왼쪽 어깨에 내리꽂혔다.
 "악!"
 짧은 비명이 절로 나왔다. 아프다는 말은 '저리 꺼져.' 마치 내 왼쪽 어깨에 커다랗고 뾰족한 얼음덩어리를 올려놓은 것 같았다. 차갑다 못해 시리다. 아니, 아렸다. 얼음이 녹으면서 점점 더 고통이 더해진다. 한쪽 무릎을 꿇으며 주저앉아 오른손으로 왼쪽 어깨를 감쌌다. 내 머리 위로 엄마가 내뱉는 말들이 비처럼 쏟아진다.

"이 계집년이 취업하지 말고, 애들이나 보라니까! 기어코 겨우 50만 원 주는 데 가더니 동생들 돌보지도 않고! 술 처마시고 늦게 들어와?"

취업하고 첫 출근날, 그날 밤은 긴긴밤이었다. 폭우처럼 쏟아지는 엄마의 말과 함께 위에서 내려오는 배드민턴 라켓으로 내 마음은 깊고 깊은 어딘가로 뚝 떨어졌다. 다음 날 아침, 엄마는 오늘부터 출근 못 한다고 회사에 전화하라고 했다. 그렇게 내 인생 첫 직장은 일일천하로 역사 속으로 사라졌다.

배드민턴 라켓으로 맞고 바닥에 주저앉아 고통을 느끼며 생각했다.

'내가 뭘 그렇게 잘못했어? 내 힘으로 취업하고 다녀 보겠다는데…. 나는 동생들 돌보기 싫고 내 인생 살고 싶어. 왜 나는 내 마음대로 못 해?'

이 모든 건 그저 내 마음속에만 존재하며 차마 입 밖으로 꺼낼 수조차 없다. 배드민턴 라켓 사건이 있던 날 이후로 난 더욱 엄마 말에 복종했고 굴복당했다.

'감히, 내가 감히. 엄마를 거역해?'

있을 수 없었다. 스스로 생각하는 것은 상상도 못 했

다. 이십 대 초반 성인인 나는 내 의지대로 살지 못했다. 도대체 어디서부터 잘못된 걸까? 다섯 살부터 스며들어 언제부터인지도 정확히 인식하지 못하겠다. 시간이 흘렀는데도 불구하고 지금까지도 나는 내 생각을 말하지 못했다. 그러다가 마흔이 넘어 무언가 나를 흔들어 깨웠다. 더 늦기 전에 내 인생을 살고 싶었다. 지금도 늦지 않다고 생각했다. 성인이 되어서도 중년이어도 역시나 똑같았다. 스스로 생각하고 책임질 줄 몰랐다. 그러다 만난 신문으로 깊숙한 곳에서 꿈틀대는 무언가를 느꼈다. 그 무언가가 차곡차곡 나를 채워주고 있다.

동대문 원단 시장에서 길을 잃다

첫 직장이 일일천하로 막을 내린 뒤 몇 년이 지났을까? 나는 동생들을 돌보며 집에 있었다. 내 직업은 아이돌보미가 아닌 동생 돌보미려나? 부모님은 늦은 오후에 나가 다음 날 새벽에 들어오는 동대문 새벽시장에서 일했다. 소매가 아닌 도매 장사이기에 밤과 새벽에 손님을 맞이했다. 브랜드 패션 회사에서 일하던 아빠가 어려워진 회사에서 잘린 후로 엄마도 함께 일하러 나가기 시작했다. 막냇동생을 낳자마자 일한 엄마였다. 힘들었지만 옷에 관심이 많은 엄마는 일을 재밌어했고 이내 곧 두각을 드러냈다. 아빠랑 사업하면서 큰돈을 벌었다. 그러니 한 달 내내 꼬박 일하면 50만 원 번다는 내가 우스웠겠지.

동생들을 돌보며 생활한 지 여러 해 지났다. 그사이 가게 디자이너는 수없이 바뀌었다. 자꾸 직원이 바뀌니 가족 중에서 누군가 디자이너를 하면 좋겠다고 엄마는 판단했다. 내 생각은 물어보지도 않고 패션 디자이너 학원에 등록했다. 우리 가족 중에서 나만 패션에 관심이 없다. 관련된 일은 더더구나 하고 싶지 않았다. 옷에 관심 많고 엄마 미니미인 동생이 맡기에는 아직 너무 어렸다. 막내는 더 어렸다. 결국 나 밖에는 없었다. 몇 개월 동안 짧게나마 학원 다니고 엄마 회사에 디자이너로 출근했다. 디자이너 언니들이 두 명 더 있었는데 언니들을 따르면서 디자이너 업무를 배우라는 엄마 지시가 내려졌다. 엄마는 급여로 매달 50만 원 주겠다고도 했다. '왜 하필 50만 원이라고 이야기하지? 그놈의 50만 원.' 그렇게 나는 동대문에 발을 들여놓았다.

동대문 원단 시장에 가 본 적 없던 나에게 이곳은 신세계였다. 몇 평 안 되는 가게들이 다닥다닥 붙어있고 가게와 가게 사이 거리는 성인 두 명이 겨우 지나갈 정도로 좁았다. 그래서 원단을 이고 메고 지나가는 사람들이 있으면 다른 사람들은 잠시 원단 가게 앞에 머무르며 숨을 골라야 한다. 미로 같은 원단 시장은 A, B, C,

D동으로 나뉘어져 있는데 각 동마다 모여져 있는 부자재들이 조금씩 달랐다. 동별로도 그랬지만 층마다도 각각 달랐다. 각종 부자재는 대부분 1층에 있었다. 2층에는 다이마루 원단 (흔히 말하는 티셔츠 등을 만드는 원단을 부르는 말) 과 단추 같은 부자재들이 밀집해 있고 3층에는 직기 (재킷이나 바지 종류의 딱 떨어지는 원단을 부르는 말) 위주의 원단이 있다. 물론, 이건 내가 그곳에 다녔던 20년 전 일이라 지금은 변했을지 모른다. 처음에는 디자이너 언니들 심부름만 도맡았다. 원단이나 부자재들을 모아서 공장으로 보내는 간단한 일이었는데도 불구하고 나는 어딘지 모를 미로 같은 곳에서 길을 잃었다. 한 번 간 길은 정확히 알던 나였지만 동대문 원단 시장은 계속 다녀도 몰랐다. 원단에 대해 아는 것도 없는데 데리고 다니면서 알려주라고 당부한 사장 딸을 언니들은 별로 좋아하지 않았다. 연차는 쌓여가는데 원단을 볼 줄 몰랐다. 어쩜 이리도 모르는지 디자이너 언니들이 신기해 할 정도였다. 하루하루가 곤욕이었지만 원단 시장 근처에서 중간급 디자이너 언니와 먹는 점심이 좋았다. 그때만큼은 먹고 싶은 거 먹을 수 있었고 눈치도 안 보니까. 점심시간이 좋았던 덕분에 나는

몇 년 버틸 수 있었다. 그러는 사이 동생이 자랐다. 옷에 관심 많은 동생이 디자이너를 하면 훨씬 나을 듯했다. 부모님도 몇 년 동안 디자이너로 일해도 뭣도 모르는 내가 한심해 보였을 거다. 그래서였을까? 한 달 급여 50만 원씩 주더니 그마저도 어느 순간부턴 주지 않았다. 나중에 시집갈 때 다 줄 거라며 말하는 부모님을 믿었다. 어차피 부모님 돈으로 먹고 자고 살아가는데 뭘 돈을 따지나 싶었다. 하지만 막상 결혼할 때 돈 한 푼 없이 거지처럼 하게 될 줄은 정말 몰랐다. 나는 패션도 경제 개념도 없는 바보 천치였다. 비단 동대문 원단 시장에서만 길을 잃은 게 아니라 내 인생 방향도 잃어버렸다. 마치 해리포터 영화 속에서 미로 탈출 경합을 벌이던 그 장면처럼. 안개가 자욱한 미로 마냥 한 치 앞이 보이지 않는다. 뿌옇던 인생 미로 속에서 나는 길을 완전히 잃었다. 다섯 살부터 시작된 뿌연 미로였다.

눈물 젖은 미역국

이십 대 중반을 넘어가는데도 감옥 같은 집에서 아직도 탈출하지 못했다. 엄마와 내 관계는 극에 달했다. 마치 그랜드 캐니언같이 크고 깊었다. 그랜드 캐니언에 지진이 일어나 지각변동이 생겼다. 엄마와 나 사이뿐만이 아니라 내 인생에서도 아주 커다란 지각변동이었다. 삼십을 바라보고 있던 어느 날, 정확히는 스물여덟 살에 나는 아이를 가졌다. 그와 만난 지 3년인지 4년인지 모를 시간이 흘러가고 있을 때 혼전 임신했다. 임신이라는 걸 알고 함께 병원에 다녀왔다. 너무 초기여서 피검사를 통해 수치상으로 임신임을 확인할 수 있었다. 둘 다 아무것도 가진 게 없고 막막하기만 했다. 어떻게 하지? 당시 남자 친구였던 남편이 병원을 나와 말했다.

"뭘 어떻게 해? 낳아야지."

어머니께 임신임을 알리고 나와 함께하겠다고 말했지

만 반대하셨다. 화목한 집안도 아니고 애도 능력이 없다며 나를 좋아하지 않으셨다. 하지만 이내 곧 아이가 생겼는데 어쩌겠냐며 마음을 돌리셨다. 하지만 우리 집은 여전히 반대하며 아이를 지우라고만 했다. 언제나 내 편이었던 아빠가 제일 크게 반대했다. 적잖은 나이인 스물여덟 살에 만난 아이를 지우라고 하는 아빠가 이해되지 않았다. 그저 부모님이 밉고 원망스러웠다. 그냥 내가 하는 모든 거에 반대하는 것만 같았다. 계속된 우리 집의 반대에 결국 시어머니도 아이를 지우라고 했다. 양가 부모님 반대에도 불구하고 둘이 아이를 낳고 살아가려 함께 할 곳을 알아보러 다녔다. 하지만 돈도 능력도 없었다. 시간이 점점 흘러가자 결국 남편도 지금은 아무것도 가진 게 없으니 나중을 기약하자며 돌아섰다.

수술하기 전 주삿바늘을 꽂기 위해 간호사가 혈관을 찾고 있다. 도저히 안 보여서 찾을 수 없단다. 내 몸은 부들부들 사시나무처럼 떨린다. 차가운 침대에 밑이 뻥 뚫린 굴욕 치마를 입고 누웠다. 하염없이 양쪽 눈 끝에서 눈물이 흐른다.

'나는 왜 여기 누워있지? 지금이라도 여기서 나갈까? 근데 나 혼자서 아이를 낳을 수 있을까? 혼자 아이를 키울 수 있을까?'

가만히 있어도 미식거리던 속이 갑자기 편안하다. 마치 엄마를 계속 힘들게 하면 안 된다고 아이가 생각이라도 한 것처럼. 울렁거림이 멈춘 그 순간 간호사가 혈관을 찾았다. 찾은 혈관 속으로 마취제가 들어온다. 하나, 둘, 셋까지 세기도 전에 잠이 들었다. 아득히 먼 꿈속에서 누군가 내 허벅지를 툭툭 친다. 이내 곧 내 몸이 이리저리 흔들린다. 눈을 떠 보니 수술대였다. 그저 눈을 잠시 감았다 뜬 거 같았다. 얼마나 시간이 흘렀는지 모르겠다.

"다 끝났으니, 회복실로 가세요."

정신이 몽롱하다. 허리 밑으로 감각이 느껴지지 않는다. 간호사가 바닥에 있는 슬리퍼를 신으란다. 두 다리를 툭 내리고 슬리퍼를 신으려는데 발이 내 말을 듣지 않는다. 바닥에 놓여 있는 슬리퍼 위로 뚝뚝 물이 떨어진다. 느껴지지도 않았는데 나는 울고 있었다. 울고 있는 나를 본 간호사 표정이 나를 음습하게 덮쳤다. 수술해 놓고 왜 눈물을 흘리는지 이해가 안 간다는 표정을 짓고 무슨 짐짝 대하듯 나를 회복실로 데리고 갔다. 수도꼭지가 풀린 듯 하염없이 눈물이 났다. 한참 뒤에 회복실로 들어온 남편이 말한다.

"미안해. 미안해. 미안해."

병원을 나오자마자 우리 집으로 가지 않고 시할머니 댁으로 갔다. 남자 친구 외할머니지만 나에겐 내 할머니 같았다. 어머님이 날 반대할 때도 항상 나를 칭찬해 주고 격려해 준 내 편이다. 그런 할머니가 선짓국을 끓여놓고 기다리고 계셨다.

"힘들었지? 이거 먹고 어서 한숨 푹 자."

아무 말도 못 하고 속으로 꺽꺽 울음을 집어삼켰다. 울음을 욱여넣다 잠이 들었다. 잠에서 깬 후 가기 싫었지만 억지로 집으로 향했다. 엄마는 미역국 한 솥을 끓여 나를 기다리고 있었다. 미역국을 보자마자 가슴 깊이 무언가 솟구쳐 올라왔다.

"의사가 미역국은 먹지 말라고 했어요."

영양소를 보충하기도 하지만 모유를 잘 나오게 하는 거라고 의사가 미역국은 먹지 말라고 했다. 나는 출산한 게 아니라서 미역국은 먹지 말라고 의사가 말해준 설명을 엄마에게는 말하지 않았다. 힘든데도 저를 생각해서 미역국 끓여놓았더니 처먹지도 않는다는 말을 뒤로한 채 방으로 도망치듯 간 뒤로는 엄마와 내 사이에 있는 틈은 더욱 깊어졌다. 아이를 지운 뒤 한동안 제정신이 아니었다. 신발은 한 짝만 신은 채로 집 앞 은행 ATM 기계에서 정신 나간 사람처럼 바닥에 앉아 울고 있다가 발견되기도 했다. 거기에 왜 갔는지조차 기억도 안 났다. 맨날 엄마한테 미친년 소리를 들어서인지 아니면 자기 뱃속 아이를 지워서인지 모르겠지만 그렇게 진짜 미친년이 되었다. 미친년에게도 꾸역꾸역 시간은 흘렀다. 모두가 원하지 않았던 아이였다. 축복받으며 태어나야 마땅할 아이인데 나만 원했다. 아이가 생겨 너무 좋았다. 아이 존재 자체에 의미를 두며 좋아했다기보다 그렇게 꿈꾸던 결혼으로 여기서 나갈 수 있다는 사실에 초점이 맞춰졌다. 그렇게 못난 나에게 찾아온 소중한 아이는 그렇게 저 멀리 떠났다. 내 선택으로 인해서 말이다. 떠밀리듯 잘못된 결정을 한 내 선택. 주변 말에만 휘둘려서 한 선택이었다. 아니다. 나는 비겁했다. 용기도 책임도 없었다.

'정말 미안해.'

그 어떤 말도 대신할 수 없지만···.

'아가야, 너무 미안해.'

부모가 안겨준 신용불량자

스물여덟 살에 겪은 큰 사건이 지나고 시간은 흐르고 있었다. 일본으로 유학 떠났던 동생이 곧 돌아온다. 우리 집에 방이 네 개나 있는데도 동생이 돌아오면 지낼 방이 부족하다고 아빠가 살며시 나에게 물어보았다.

"외할머니네 가서 살면 어때?"

엄마와 나로 인해 모든 가족이 오랜 시간 고통 속에 지내고 있었다. 나에게 집은 더 이상 감옥이 아니다. 여긴 지옥이다. 이젠 집에서 아예 밥도 먹지 못하게 되었다. 밥하려고 쌀을 씻던 나에게 집에서 밥도 먹지 말라고 소리치던 엄마였다. 그 후로는 방에서 김밥을 혼자 먹거나 밖에서 먹고 집에 가는 게 일상이었다. 집에서는 물 정도만 마셨다. 되도록 엄마와 마주치지 않으려 애썼다. 엄마와 나 사이에서 아빠도 힘들었을 거다. 하지만 나이가 꽉 찬 자식이 아이가 생겨 결혼하겠다는데도 반대했던 아빠였다. 게다가 돌아오는 동생의 늘어난 살림살이를 놓을 곳이 없다며 나보고 나가서 살라고 말하는 아빠다. 이 집에서 나만 없었으면 화목했을지 모른다고 생각했다. 부모에게 내 생각조차 말 못 하고 먹을 때에도 눈치만 보는 내가 한심했다. 밥벌이할 능력조차 없는 내가 더욱 꼴 보기 싫었다.

　언제나 내 인생의 답은 부모님이 원하는 대로였다. 결국 동생이 일본에서 돌아오기 전에 나는 외할머니네로 가야만 한다. 항상 순응만 하던 나는 아주 살짝 방향을 틀었다. 집에서 나가지만 장소를 바꾸는 거다. 친한 언니가 방을 구하라며 돈을 빌려줬다. 나를 십 년 가까이 봐 온 언니는 드디어 내가 독립할 때가 온 거라고 했다. 언니가 빌려준 돈으로 보증금을 내고 꼬박꼬박 월세를 낼 수 있는 곳을 찾았다. 집을 알아보았지만 내가 가진 돈으로는 반지하나 옥탑방만 가능했고 그마저도 별로 없었다. 삼십 년 가까이 나오지 못했던 그곳에서 단 일주일 만에 탈출했다. 어릴 적 친구들이 밥은 먹고 살라며 전기밥솥과 가스레인지 그리고 냉장고를 선물해 줬다. 비록 반지하였지만 나에게 자유로운 보금자리였다.

보증금이 작아 집 밖에 화장실이 있는 집만 보았는데 여기는 집 안에 화장실이 있다. 그것으로 충분했다. 드디어 내 공간이 생겼다. 엄마 눈치를 보지 않는 곳이.

 하지만 집에서 나왔다고 해서 부모님과 얽히고설킨 금전적 문제까지 해결되진 않았다. 부모님 사업이 망하면서 부모님은 내 명의를 쓰기 시작했다. 주민등록번호가 남자는 1로 시작하고 여자는 2로 시작하듯 나에게는 부모님이 내 명의를 쓴다는 게 당연했다. 마치 주민등록번호가 주어지는 것처럼 나에게는 필연적이었다. 나중에는 내 명의로 대출까지 받기 시작했다. 부모님이 하라고 하면 꼬박꼬박 인증했다. 나중에는 은행권이 아니라 대부업체에서도 대출하려고 할 땐 걱정이 앞서 망설였더니 미친년 소리만 들었다. 널 키우면서 억이나 들었는데 꼴랑 대출 받아주는 거 가지고 난리 친다고 했다. 엄마는 다 갚을 거라고 했지만 우리 집 형편을 생각하면 못 갚을 것만 같았다. 없던 용기를 쥐어짜서 싫다고 말했지만 당연하듯 부모님은 묵살하고 대출받았다. 그러다 점점 더 감당하기 힘든 요구가 내 앞에 펼쳐졌다. 그런 나날이 연속되다 월세를 내려고 통장을 확인했을 때였다.

'이상하네. 통장에서 돈이 싹 다 빠져나갔네? 월세 내야 하는데?'

하루아침에 나는 신용불량자가 되었다. 뭐가 잘못된 지도 몰랐다. 부모 말 잘 들으면 자다가도 떡이 생긴다던데 이게 뭐지? 그저 부모 말에 순응하며 내 생각 없이 인생을 살아간 대가로 나는 급여가 압류되고 신용불량자가 되었다. 당장 월세 내며 생활해야 했던 나는 신용회복위원회를 찾아갔다. 나 같은 사람 사정을 듣고 빚을 탕감해 주거나 나눠서 낼 수 있게 도와주는 곳이었다. 전화로 상담 하다가 눈물 한 바가지를 쏟아냈다. 부모님이 내 명의를 사용한 거라고 해명했지만 담당 직원은 이해 못 했다. 본인 명의로 대출받고 신용카드 쓸 동안에 뭘 했냐며. 명의는 아무리 부모라도 빌려주는 게 아니라고 했다. 맞는 말이었다. 카드사별로 빚이 잔뜩이었다. 대출받은 곳에서도 독촉이 빗발쳤다. 나는 뭘 하고 있었던 걸까? 감옥 같은 집에서 벗어나 자유롭다며 짧은 행복을 누렸던 내가 어리석게만 느껴졌다. 급여를 통째로 몇 년 동안 쏟아부어도 갚지 못할 부채가 나를 짓눌렀다. 그렇게 자유와 함께 찾아온 신용불량자 손님과 나는 더불어 살기 시작했다. 신용위원회 도움이 없었다면 그마저도 어려웠을 거다.

사정없이 흔들렸다. 미로 속에서 길을 잃었지만 그래도 살아갔다. 나는 여전히 나를 모른 채 시간은 흘러만 갔다.

2부

마음이 깨지는 소리

인생의 방향을 밝혀준 등불

　반으로 접힌 신문을 펼친 후 색연필을 쥔 오른손에 힘
을 살짝 준다. 빳빳한 신문을 활짝 넘기다 보면 신문이
옆으로 돌아누우며 은근한 향을 풍긴다. 잉크 향인지
아니면 인쇄기에서 나는 기름 냄새가 묻어난 건지 모르
겠지만 종이신문에서 맡을 수 있는 특별한 냄새가 있
다. 처음에는 신문을 펼쳐보지도 않아서 냄새를 못 느
꼈다. 신문 1면을 스리슬쩍 눈으로 스캔하고 나면 재활
용으로 곧바로 직행했다. 시간이 흐르고 흘러 한 장씩
펼쳐보다 보니 종이신문이 풍기는 향이 느껴졌다. 지금
은 종이신문 특유의 향이 느껴지는 순간이면 마음이 편
안해진다. 익숙함. 언제나 내가 아는 바로 그 냄새이기
때문일지도 모른다.

마음이 툭탁거리던 날에 펼친 신문 속 이야기가 나를 토닥였다. 내 마음을 꿰뚫어 본 마냥 나에게 말을 건넨다. 익숙한 냄새를 풍기는 신문에 색연필로 밑줄 치며 읽다가 끼적거리기 시작했다. 혼자 아이를 키우던 싱글맘은 경제적 어려움이 닥쳐 결국 사채를 썼다. 고액 이자율은 금세 불어나 그녀를 집어삼켜 버렸다. 결국 그녀는 감당하기 힘들어서인지 아이 곁을 영영 떠나버렸다. 이제는 엄마를 만날 수 없게 된 아이 이야기가 이어졌다. 이야기 위에 색연필로 동그라미를 반복해서 그려댔다. 문득 아이와 단둘이 살며 어려웠던 내 모습이 떠올랐다. 남들에게는 큰 금액은 아니겠지만 그녀에게는 절실했을 거라는 생각이 들었다. 안타까운 마음에 글자 위를 맴돌던 동그라미가 더욱 또렷해지고 있었다.

신문을 읽으며 하루하루 보낸다. 신문이 내 인생을 드라마틱하게 바꾸지 않을지도 모른다. 하지만 내가 살아갈 인생의 방향을 밝혀줄 등불이라는 확신이 든다. 슬플 때나 기쁠 때나 그저 신문을 읽는다. 읽다 보면 내 마음과 상황에 따라 신문이 나에게 말을 거는 게 달라지는 게 신기하다. '일상다반사'. 차를 마시고 밥을 먹는 일처럼 나에게 종이신문 읽기는 일상다반사이다. 매일 읽는 신문이 뭉근하게 좋다. 더불어 커피를 마시며 신문 위에 색연필로 끼적이는 그 순간을 사랑한다. 내 인생 길잡이가 되어준 등불 같은 신문이 오롯이 좋다.

종이신문과 친해지는 법

일상 속 루틴을 갖고 있나요? 바쁜 하루를 살아가며 우리는 놓치는 게 무수히 많다. 어쩌면 그중에서도 나 자신에게 집중하는 시간을 갖는 걸 놓치며 살고 있는지도 모른다. 사람마다 각자 다른 루틴을 갖고 살더라도 나만의 시간을 갖는 건 매우 필요하다. 그 시간을 통해 나를 차곡차곡 쌓을 수 있다. 커피 한 잔 속에서 여유를 가질 수도 있고 잠시 스트레칭을 할 수도 있다. 또한 감사 일기를 쓰며 하루를 마무리하기도 한다. 일상에서 아주 조그맣더라도 성취 경험을 쌓아가다 보면 자신감을 얻고 스스로에게 긍정적인 피드백이 된다. 바닥이었던 내 자존감을 높여준 건 다름 아닌 신문 읽기였다. 나에게 신문이란 그저 어렵게만 느껴졌다. 읽지 않고 멀리 밀쳤더니 나도 모르게 부채감만 잔뜩 밀려왔다. 목구멍 가득 물기 하나 없는 고구마가 꽉 들어찬 느낌이다. 팍팍했다. 그러다 신문 속 사진만 보기 시작했다. 사진을 보다 보니 조금씩 표제도 보였다. 그렇게 하나하나 확장하니 내가 성장하는 느낌이 들었다. 신문 기사는 읽기 힘들어서 시도조차 못 했는데 문득 아이에게 책 읽어주던 내 모습이 떠올랐다. 기사를 소리 내서 읽으면 어떨까? 관심이 가는 기사나 칼럼을 소리 내어 읽으니 괜찮았다. 낭독이 무엇인지도 모르는 나였지만 차분하게 읽을 수 있었다. 그렇게 소리 내어 읽다 보니 이내 곧 다른 기사도 내 눈에 들어오기 시작했다. 그렇게 신문 읽기는 나에게 루틴으로 행복하게 다가왔다. 매일 쌓인 나만의 시간이 나에게 긍정적으로 작용했다. 신문을 읽기 어렵다면 이렇게 읽어보자.

- 시간 정해두고 읽기

아침에 눈을 뜨자마자 나는 커피를 준비하고 문 앞에 놓인 신문을 가지고 온다. 신문을 읽기까지 처음에는 어려웠지만 뭐든지 처음은 어렵기 마련 아닐까? 신문을 읽을 때 하루 속에서 나만의 시간을 정해두고 읽자. 나는 아침에 신문을 읽고 있다. 아침이 아닌 낮이나 밤에 신문을 읽었는데 그리 오래가지 않았다. 아침에 다가온 세상 이야기로 시작한 하루가 나에겐 조금 더 의미가 있었다. 더불어 하루를 살면서 변수가 생기기도 했고 나중에 읽어야지 해 놓고 까먹기도 했다. 성공 확률이 높았던 시간이 나에게는 바로 아침이었다. 하루 24시간은 누구에게나 똑같다. 그중에서 나만의 구체적인 시간을 정해서 신문을 읽자. 그 시간만큼은 꼭 지키며 루틴으로 만들어보자.

- 읽고 싶은 것만 읽기

평소 글을 읽지 않는 사람이나 나처럼 마음이 피폐해져 활자를 읽기 어려운 사람들이 있을 거다. 그런 사람들은 작은 활자로 가득한 신문은 더욱 읽기 어려울지도 모른다. 그런 사람이면 더더욱 강조하고 싶다. '신문 한 부를 다 읽겠다!' 이런 다짐은 제쳐 두고 그저 표제나 사진만 보자. 아니면 눈길을 끄는 그 무언가도 좋다. 신문 1면에 나와 있는 헤드라인만 보기, 내 마음에 들어오는 표제 중 1~2개만 읽기 등 꾸준히 내가 할 수 있게 실천하는 것이 우선이다. 신문 속에 있는 많은 정보를 매일 꼼

꼼히 본다는 것은 어렵다. 다 읽을 생각은 버리고 읽고 싶은 것만 읽자. 무엇보다 중요한 건 지금 시작하자!

- 스크랩하며 읽기

신문을 꾸준히 읽다 보면 어느새 좋은 글이나 정보들을 담고 싶다. 나도 마찬가지였다. 읽으면서 좋은 글, 도움이 될 만한 글을 오려서 모으는 것, 그게 바로 스크랩이다. 어렵게 생각 말고 그저 모아보자. 그러다 어떤 방식이든 좋으니 정리하고 요약해 보자. 이렇게 하는 건 신문과 어느 정도 친해진 사람에게 추천한다. 스크랩한 걸 나와 적용하는 시간이 쌓여가며 나를 성장시킨다. 신문 속에서 마음에 들어온 자료를 오려서 모으는 것이 스크랩의 첫걸음이다.

신문을 읽다가 다른 사람들과도 함께 공유하고 이야기 나누고 싶어진다. 그러다 보면 나도 모르게 타인과 연결되면서 관계에 대해 생각한다. 신문을 통해 얻어지는 많은 순기능 중 하나이다. 오십이 되도록 정치나 경제에 관심도 없다가 조금씩 눈을 뜨게 되었다. 자신이 살아온 세월의 흔적이 얼굴에 그려져 인상이 된다는 생각이었던 나는 인상 좋은 사람에게 선거 때 투표했다. 부끄럽게도 내 한 표를 갖고 감정적 투표한 셈이다. 하지만 지금은 공약을 꼼꼼하게 보며 정책과 이해관계를 생각하며 소중한 한 표를 던진다. 또한 시장에서 장을 볼 때면 아무 생각 없이 그저 비싸면 안 샀다. 그냥 지나쳐 버리며 왜 비싸졌는지는 생각조차 안 했다. 하지만 신문을 읽으면서 다른 나라에서 일어난 전쟁으로 밀 재배에 영향을 미쳐 밀가루 가격이 높아진 걸 알게 되었다. 정치든 경제든 유기적으로 연결되어 있었다. 내가 만약 신문을 읽지 않았다면 몰랐을 거다. 결국 우리는 모두 연결되어 있고 더 나아지려면 서로 조화를 이루어야만 한다는 것을. 어쩌면 제일 가까워야 할 인생 동반자를 잘못 만난 걸 일찍 알았다면. 깊은 곳에서 들리는 마음이 깨지는 소리를 알아챘더라면.

연락 두절

　두절이란 교통이나 통신이 막히거나 끊어짐을 의미한다. 휴대전화를 뚫어지게 쳐다보고 있으니 이내 곧 밝았던 화면이 꺼졌다. 전화기 옆 버튼을 눌러 화면을 다시 켜니 오후 9시 41분. 곧 까매진 화면. 버튼을 또 누르니 오후 9시 42분이었다. 무한반복으로 휴대전화 버튼을 눌러댔다. 처음에는 '전화 안 받네. 바쁜가?' 하고 넘겼다. 반나절이 지난 뒤 연락해도 받지 않아 계속 바쁘다고만 생각했다. 부재중 전화를 보면 나에게 전화할 거라고 생각했지만 연락은 오지 않았다. 밤이 되자 슬슬 걱정됐다. 무슨 일이 생긴 건 아닌지 상상의 나래를 펼치며 애가 탔다. 그렇게 하루가 지나가고 이틀째 밤이 찾아왔다. 걱정되던 마음은 그새 원망으로 바뀌었다. 도대체 나는 얘한테 어떤 존재지? 뭔 일이 있으면 있다고 문자라도 보내줘야 하는 거 아니야? 그렇게 이틀째 밤이 깊었고 결국 뜬눈으로 지새운 채 아침을 맞이했다.

고등학생 때 만난 첫사랑과 7년간 만나고 헤어진 뒤 이상하게도 뭔지 모를 해방감을 느꼈다. 군복무 기간을 제외하고 매일 만났던 우리여서인지도 모르겠다. 그렇게 시간은 흘러가고 갑자기 공허함이 찾아왔다. 그 후로 소개팅을 많이 했는데도 불구하고 애프터로 연결되지는 않았다. 전문대 졸업 후 변변찮은 직장(부모님이 계신 동대문)을 다니고 평균보다 떨어진 외모가 고루 갖춰진 삼박자 덕분이었다. 친한 친구가 오랜만에 만난 초등 동창이라며 그를 소개했다. 나중에 알고 보니 우리 셋은 중학교 동창이었다. 그와 소개팅으로 만난 첫날, 식사를 마친 후 그는 나를 바에 데려갔다. 20대 중반인데도 불구하고 처음 가는 곳이었다. 커다란 음악 소리가 내 심장을 움켜쥐고 음료를 만드는 바텐더의 현란한 몸짓이 내 시선을 강탈했다. 게다가 시끄러운 음악 소리를 뒤로 하고 그는 가까이 다가와 내 귓불에 입술이 닿을 듯이 말했다. 심장이 나댔다.

"우리 내일 영화 뭐 보러 갈까?"

숱한 소개팅에서 애프터 한 번 못 받았다. 삼박자를 고루 갖춘 나와 다르게 잘생긴 그가 다시 물어본다. 내일 만나서 함께 볼 영화를. 그 순간 그에게 난 빠져버렸다.

소개팅 다음 날 우리는 바로 만났다. 사귀자는 말은 없었지만, 하는 행동은 여느 연인과 다를 바 없었다. 적어도 나는 그렇게 생각했다. 매일 만났던 첫사랑과는 다르게 그는 늘 바쁘다며 일주일에 한 번? 아니면 보름에 한 번? 띄엄띄엄 만났다. 학생일 때 만났던 첫사랑과는 다르다고 생각했다. 또한 직장을 다니니까 바쁘다고 생각했다. 그래도 연락은 자주 하자고 했지만 그마저도 드문드문이었다. 점차 연락 안 되는 횟수가 많아지고 기간 또한 길어졌다. 연락되지 않아 걱정했던 초반과는 달리 나는 점점 지쳐갔다. 손에서 절대 휴대전화를 떨어뜨리지 않는 그가 나에게만은 연락하지 않았다. 몇 년 동안 반복된 연락 두절의 의미를 알아차렸어야만 했다. 그때 난 그와 관계 두절을 했어야만 했다.

담배 한 갑보다 못 한 존재

　오랜만에 연락이 닿은 그였지만 수화기 너머로 여전히 무심함이 느껴졌다. 마지못해 단답형으로 답하는 게 나에겐 익숙했다. 한동안 담배를 태우지 못해 신경이 날카로워진 거 같다고 했다. 마치 담배를 태우면 나한테 다정할 것처럼 말끝을 흐린다. 다니던 회사는 무단으로 나가지 않고 아르바이트를 하며 여기저기 기웃거렸다. 그러다 그가 백수가 된 지 어느덧 꽤 시간이 흘렀다. 매일 라면 끓여 먹고 컴퓨터 게임에 빠져 살았다. 주방에 언제나 라면은 차고 넘쳤고 참치 통조림이나 김 또한 넉넉했다. 전기세와 인터넷 요금도 그의 엄마가 칼같이 낸다. 돈을 벌지 않아도 기본적인 생활은 가능했다. 그런데 기호품인 담배를 사려면 돈이 있어야 했다. 돈이 없던 그는 나에게 연락하면 내가 담배를 사 들고 쪼르르 달려 올 걸 알고 있었다. 담배뿐만이 아니라 그가 필요한 다른 쾌락까지도 내어줄 것을 정확히 알았다. 난 호구였다.

"이거랑 같은 담배 하나 주세요."

천 원짜리 2장과 500원짜리 동전 하나를 내어놓으며 말했다. 이름도 잘 모르는 담배를 사기 위해 남자 친구가 태우는 담배 사진을 휴대전화에 찍어놓았다. 그걸 슈퍼 가게 아줌마에게 보여주고 똑같은 담배를 건네받았다. 손바닥에 쏙 들어오는 담배를 갖고 가면 날 만나주는 그를 보고 싶어 바보같이 걸음을 서두른다.

어머니는 일하셔서 안 계시고 동생도 없는 집에 그는 혼자 있었다. 현관문을 열어주는 것조차 귀찮은지 비밀번호를 알려주며 들어오라고 문자가 왔다. 번호를 누르고 들어가니 그의 방은 굳게 닫혀있었다. 똑똑. 방문을 두드리자 이내 곧 신경질적인 외마디 대답이 들렸다. 언제 감았을까? 머리카락에 손을 대면 기름이 뚝뚝 흘러내릴지도 모른다. 까매진 턱 또한 그가 면도한 지 오래된 게 느껴졌다. 들어서자마자 쿰쿰한 체취가 났다. 한심한 꼬락서니였다. 쿰쿰함과 한심함이 한데 버무려져 내 마음 깊숙한 곳에서 실망감이 고개를 빼꼼 내밀었다. 사 간 담배를 컴퓨터 키보드 옆에 놓았다. 컴퓨터 의자에 앉아 두 발바닥은 책상 모서리 위에 올려놓고 양손은 키보드와 마우스를 바삐 움직인다. 줄곧 모니터만 바라보던 시선이 내려놓은 담배로 향했다. 이내 곧 다시 모니터로 시선을 돌리며 말한다.

"한 개만 사 왔어?"

기왕 사 올 거면 몇 개 사 오지 한 개만 사 왔다며 투덜댄다. 그때까지도 나는 쳐다보지도 않는 그였다. 하지만 나는 그가 언제 나를 바라볼지 안다. 내 얼굴이 아니라 몸을 바라보겠지만 말이다.

그에게 난 뭘까? 2,500원짜리 담배보다 못 한 존재 아닐까? 아무렇게나 대해도 결국엔 몸도 주고 마음도 주는 그런 애. 문득 카프카 작가의 <변신> 속 주인공인 그레고르가 떠올랐다. 벌레로 변한 순간 그레고르는 어떤 마음이었을까? 가족을 위해 애쓰며 살던 그레고르는 어느 날 갑자기 벌레로 변한다. 가족들은 원하던 걸 그레고르에게서 얻을 수 없게 되자 그를 필요로 하지 않는다. 나 또한 그레고르 같았다. 가족들과 상황이 비슷했다. 그런데 남자 친구도 내가 필요 없어지면 어떡하지? 두려웠다. 지금은 그에게 담배도 건네주고 몸도 주니 의미가 있겠지만 그렇게 안 한다면 날 어떻게 여길까? 벌레만도 못한 취급을 받아도 그가 날 만나주는 걸 고마워했다. 못난 나를 만나주는 걸 그저 감사했다. 한편으론 이런 마음도 들었다. 아이를 지운 나라서 다른 누군가를 만날 자격이 없다고 생각했다. 이 사람과 헤어지면 결국 나는 평생 혼자 살아야만 할지도 모른다. 그렇게 내가 만든 구덩이에 나를 밀어버리고 빠뜨렸다. 못난 스스로가 만든 진흙 구덩이에 빠져 헤어 나올 수 없었다. 진창 속에 갇혀버린 채 삶을 살아간 건 결국 나 스스로 만든 게 아닐까?

천국과 지옥은 한 끗 차이

31살이 되던 해 겨울. 우여곡절 끝에 웨딩드레스를 입게 되었다. 부모 덕분에 신용불량자가 되어 여전히 경제적으로 힘들었지만 그래도 희망을 꿈꾸고 있었다. 결혼식을 한 후 곧바로 아이가 찾아왔지만 이내 곧 떠나갔다. 그렇게 나는 유산을 여러 번 했다. 처음에는 아직 젊으니까 괜찮다고 생각했다. 시어머님, 시동생과 함께 명절이면 남편 큰댁에 같이 가고 신혼집에서 가족 행사를 하며 지냈다. 언제나 겉도는 느낌이었던 우리 집과는 달리 진짜 내 자리도 있는 이곳이 좋았다. 매 끼니 눈치 보던 내가 아니고 먹고 싶은 만큼 먹으며 아이는 금세 또 만날 수 있을 거라고 생각했는지도 모른다. 아이 생각이 없던 신랑과는 달리 나는 빨리 아이를 가져 온전한 내 가정을 꾸리고 싶었다. 하지만 자꾸 실패하면서 예전에 나에게 와 준 아이를 멀리 떠나게 만든 벌을 받는 거라 여겼다. 애타게 기다리던 나날이 흘러 결국 우리 아들이 나에게 찾아왔다.

하혈을 자주 해서 병원에서 조심하라고 했다. 입덧은 심했지만 감사했다. 이번에는 꼭 끝까지 지키고 싶었다. 물 냄새조차 맡기 힘들었다. 설거지도 안 해 놓아서 사용할 컵조차 없다며 핀잔주던 신랑이다. 허구한 날 술마시는 건 기본이고 경찰까지 대동하기도 했다. 술독에 빠져 살던 그에게 제발 이제 아이도 태어나니 정신 좀차리라고 잔소리를 시작했다. 갑자기 배 당김이 느껴져 바닥에 주저앉은 나를 신랑은 발로 걷어차기 시작했다. 배에 발길이 닿은 순간 아이가 잘못될까 두려워 손바닥을 비벼대며 빌어댔다. 잘못했다고 눈물을 흘리며 호소했다. 불행 중 다행인지 모르겠지만 남편의 손찌검은 그날 단 한 번으로 끝났다. 왜 그런지 모르겠지만 나는 그를 닮은 아이를 낳고 싶었고 내 가정을 꾸리고 싶었다. 하지만 도대체 신랑의 뭘 닮길 원했던 걸까?

예정일을 한 달 정도 앞두었을 때 시어머니는 동네 음식점에서 주방장으로 일하는 남편에게 조그만 이자카

야 가게를 차려주었다. 그가 한창 백수였을 때 요리학
원이라도 다녀 기술을 익히라고 했던 어머니였다. 덕분
에 요리하면서 그동안 살아왔다. 이젠 아이도 태어나니
부모로서 책임감을 느끼며 살아가라고 했다. 뱃속 아기
가 복덩이라며 어머님이 우리에게 준 선물이었다. 만삭
인 몸으로 신랑과 오픈 준비하면서 이런 게 천국일까
싶었다. 우리 아들이 정말 복덩이구나 싶었다. 출산 예
정일에 가까워지자 술집 특성상 담배를 피우는 손님들
도 많아져 나는 더이상 가게에 나가지 않았다. 매일 장
사하랴, 아침이면 식자재 구매하러 나가랴 늘 힘에 부
쳐했다. 성실함이라고는 눈곱만큼도 없던 사람이 매일
힘들게 일하려니 항상 투덜댔다. 그날도 겨우 어르고
달래 가게에 출근시켰다. 아침부터 신랑과 씨름해서였
을까? 오후부터 태동이 전혀 느껴지지 않아 갑자기 느
낌이 싸했다. 두려운 마음에 신랑에게 전화했다.

"그래서 나보고 어쩌라고?"

늘 혼자 다니던 산부인과로 가면서 손으로 배를 연신
문지르며 말했다.

"똥이야, ('똥이'는 우리 아들 태명이다) 엄마야. 엄마
뱃속에서 잘 있는 거지?"

그 말을 입 밖으로 꺼낸 순간, 뚝뚝 눈물이 떨어졌다. 내 손으로 떠나보낸 아이가 생각났다. 아무 움직임이 느껴지지 않는 아이가 잘못될까 봐 속이 탔다. 버스 타면 이내 곧 도착하는 병원이었지만 그때만큼은 아주 멀게 떨어진 다른 도시로 이동하는 것 같았다. 응급실에 도착하니 바로 내진을 했다. 이미 자궁이 3cm가 열려 있다고 바로 출산 준비한다고 했다. 세상 밖으로 나오려던 똥이가 힘들어할 걸 생각하니 미안함이 밀려왔다. 그렇게 병원에 도착한 지 6시간 만에 아이를 순산했다.

그토록 바라던 아이가 생기고 복덩이가 찾아왔다며 어머니가 가게도 차려주었다. 나에겐 천국에 머무는 것만 같은 시간의 연속이었다. 실은 지옥문이 열린 줄도 모르면서. 앞으로 다가올 폭풍은 알아차릴 수 없었다. 나도 엄마가 처음이었다. 아이를 낳자마자 힘들었다. 잠도 안 자고 울며 보채는 아이를 부둥켜안고 두어 시간마다 젖을 물렸다. 절대적으로 잠이 부족했지만 누구도 아이를 봐줄 사람은 없었다. 언제나 집에는 아이와 나 둘뿐이었다. 점차 집에 있는 시간보다 밖에서 오래 있던 그였다. 어차피 집에 있어도 잠만 자던 그였지만 어느 순간부터는 가게가 끝나도 집에 오지 않고 외박했다. 그러다 나중에는 며칠씩 지나 집에 오곤 했다. 그때까지도 전혀 몰랐다. 가게에 드나들던 주변 친구들이 조심스레 말해줄 때까진. 고양이를 키우는 여자와 살림을 차린 거 같다고 했다. 고양이를 좋아하던 아이 아빠 옷과 양말에서 아이 낳고 얼마 되지 않았을 때부터 동물 털을 발견했다. 하지만 나는 전혀 감도 못 잡았다.

천국과 지옥은 한 끗 차이다. 아주 짧은 천국을 맛본 뒤 나에게 다가온 지옥은 실로 거대했다. 온몸에 뜨거운 무언가가 솟구쳐 올라왔다가 배신감에 몸서리가 쳐졌다. 인생에서 제일 축복 받아야 할 때였다. 축복이 뭐야? 그딴 건 개나 줘버려. 처절하게 바닥 깊숙한 곳에서 철퍼덕대고 있을 때 친구에게서 전화가 걸려 왔다. 가게에 왔는데 다른 손님들은 그 여자가 남편이랑 부부인 줄 안다고. 복덩이가 생겼다며 어머님이 차려준 우리 가게였다. 아이가 조금 크자마자 나도 나가서 함께 키워나갈 곳이었다. 말을 전해 듣자마자 머리카락이 한 올 한올 쭈뼛쭈뼛 섰다. 이제 곧 가게 문 닫고 그 여자네에 갈 거라는 친구 목소리가 마치 바늘처럼 느껴졌다.

그 소리는 수십 개 아니 수백 개 바늘이 되어 나를 찔러 댔다. 아픔도 느끼지 못한 채 그저 멍하게 서 있었다. 바람난 잡것들을 찾아가려 태어난 지 한 달 된 아이를 안고 채비하다 말고 이내 곧 멈추었다. 새벽이라 이동 수단이 없었다. 택시 타고 가야 하는데 나에겐 거기까지 갈 택시비조차 없었다. 제기랄! 아기띠로 안은 핏덩이를 부둥켜안고 한참을 서 있었다. 엄마 마음을 아는지 모르는지 우리 똥이는 새근새근 자고 있었다.

쿵! 모자 쓴 낯선 남자

판도라의 상자가 열린 뒤론 시간이 어떻게 흐르는지
몰랐는데 어느덧 몇 개월의 시간이 흘러가고 있었다.
계절이 바뀌고 있었지만 내 마음은 여전히 복닥거렸다.
그 사이 아이는 병원에 입원하기도 했다. 아이에게는
한없이 미안했고 신랑한테는 그의 마음이 다시 가정으
로 돌아오기만을 간절히 바랐다.

바닥에 누워 몸을 옆으로 돌리자 자연스레 두 무릎이
얼굴까지 와 닿을 정도였다. 자궁 속 양수에서 태아가
몸을 웅크리고 있는 자세처럼. 편안하다. 왼팔을 내 머
리에 팔베개 한 채 왼쪽 가슴을 드러내자 이내 곧 꿀떡
꿀떡 소리가 들린다. 목젖이라고는 보이지 않지만 마치
목젖이 위아래로 요동치듯 누군가 물을 급하게 마시는
소리가. 내 시선은 소리가 들리는 곳에 머문다. 이제 막

뒤집기에 성공한 우리 아들이었다. 팔베개한 왼팔과 두 무릎 사이에서 엄마 젖을 먹고 있는 작디작은 우리 아가였다. 가슴과 브래지어 사이에는 거즈로 된 가제 수건이 있다. 뿜어져 나오는 젖이 감당되지 않아 사이에 놓인 그것은 이내 곧 젖 내음 가득 머금은 채 묵직해졌다. 묵직해진 가제 수건을 작은 손으로 움켜쥔 채 허겁지겁 모유를 먹고 있다. 고요하다. 어둠이 낮게 깔리기 시작한 겨울 초저녁에 부드러운 젖 내음이 코를 스친다. 안온한 그 순간이었다. 세상은 적막하기만 한데 꿀떡꿀떡 젖 넘어가는 소리만 들린다.

쿵! 갑자기 어디선가 커다랗고 둔탁한 소리가 들려왔다. '뭐지? 뭔가 떨어지는 소리 같네.'

다세대 주택에 살고 있어 언제나 소음은 익숙하다. 더군다나 1층인 우리 집은 길을 걸어가는 사람 말소리까지도 들리기도 했다. 근데 이 소리는 무언가 달랐다. 훨씬 가까이서 들렸다. 옆집에서 난 소리인가? 아야! 생각을 거듭하던 그때였다. 모유를 먹고 있던 우리 아가가 내 젖꼭지를 깨물었다. 배불러서인지 혀로 밀어내는 아들을 보며 새 가제 수건을 꺼내 젖을 닦아내며 속옷을 정리했다. 벌어진 틈새로 젖을 내어 먹이고 다시 추스르기만 하면 되는 수유복은 참 편리했다.

바람 난 남편은 두 집 살림을 차렸다. 살고 있던 집터를 바꾸면 아들이 정신 차릴지도 모른다며 이사를 하라고 했던 어머니였다. 서둘러 이사를 결정했다. 하지만 이삿날 당일도 술에 떡이 된 채 이삿짐이 출발하기 직전에야 몇 일만에 집에 온 그였다. 이사 간 집은 방 두 개에 화장실은 한 개인데 그 중 미닫이문으로 된 방 하나를 거실로 하기로 했다. 이삿짐 옮겨주시는 분께 거추장스러운 미닫이문은 빼달라고 했다. 행여라도 아이가 문에 다칠까 봐 두려워 누구라도 도움받을 수 있을 때 부탁드렸다. 고로 한 개뿐인 방은 아이 아빠가 쓰면 되었다. 거실 겸 방에서 아이와 나는 생활했다. 그날도 거기에 우리 둘은 누워 있었다. 입을 오물오물 움직이며 이내 곧 잠들어버린 우리 아들이었다. 트림시켜야 하는데 어쩌지? 이대로 자다가 토하지는 않을까 걱정되었다. 두 시간 이상 통잠 자지 않는 우리 아가를 그냥 둘지 아니면 깨울지 마음이 이리저리 움직였다. 그런데 뭔가 느낌이 싸했다. 누군가가 나를 쳐다보고 있는 시선이 느껴졌다. 누워 있던 나는 고개를 살짝 들어 올려 젖혔다. 방과 거실 벽에 챙 모자를 쓰고 있는 누군가의 실루엣이 눈에 들어왔다.

"사람 살려!"
"살려주세요!"

흔히 드라마나 영화에선 소리를 지르며 도움을 요청하는데 현실에선 아니었다. 아가와 나만 있어야 할 공간에 낯선 누군가가 함께 있다. 챙 모자를 쓴 누군가 날 쳐다보고 있었다. 어두워서 얼굴까지는 정확히 볼 수 없었다. 갑자기 어디선가 들리는 짐승 소리가 내 귀를 후려갈겼다.

"으아아아!"

온몸이 주체할 수 없이 흔들리며 짐승 소리가 내 입에서 퍼져나갔다. 인간이 이런 소리도 낼 수 있구나. 몸 안 깊숙한 곳에서 떠밀려 밖으로 쏟아져 나온 그 소리는 일명 사자 후였다. 그저 울부짖었다. 벽에서 나를 바라보고 있던 낯선 그 사람이 이내 곧 내 시야에서 사라졌다. 자지러진 아기 울음소리만이 들린다. 흐리게만 들렸던 울음소리가 선명해지는데 내 몸은 바닥에 붙었다가 위로 떠오르며 방방 뛰고 있었다. 여전히 내 입에서는 짐승 소리가 나고 있었고 진짜 짐승이라도 된 듯 몸이 저절로 움직였다. 내 의지는 없었다.

방범창도 없던 1층, 창문도 열어놓고 남편은 집을 나섰다. 문단속, 가스 잠금 여부를 철저히 단속하던 나는 그 어디에도 없었다. 정신 줄을 놓고 살았으니까. 아이에게 줄 모유가 나오게끔 밥에 물 말아 훌훌 먹으며 급급하게 살았다. 그 방엔 들어가고 싶지도 않던 나였기에 창문이 열린 줄도 몰랐다. 내가 살고 있던 그 동네에는 좀도둑이 판을 쳤다. 짐승이었던 내가 사람이 되어 퍼뜩 정신을 차렸을 때 112에 신고했다. 신고할 때도 울부짖기만 하던 나였다. 경찰이 오기까지의 15분이라는 시간이 나에겐 몇 시간처럼 느껴졌다. 아마도 불이 꺼져있어 빈집인 줄 알고 들어왔는데 사람이 있어 놀라 도망간 거 같다고 했다. 들어온 도둑이 놀라서 도망가지 않고 나에게 나쁜 짓이라도 했다면? 생각만 해도 끔찍했다. 경찰이 옆에 있던 이불로 몸을 감싸주어도 여전히 떨렸다. 챙 모자를 쓴 실루엣이 자꾸만 떠올랐다. 집에 도둑이 들었다고 남편에게 전화로 설명할 때도 덜

덜 떨며 더듬거리던 나였다. 울먹거리며 이야기하는 나에게 가게 지금 바쁘니까 전화 끊으라고 말하는 그 순간, 나는 이 집에서 나가기로 했다. 그 여자와 결혼하고 싶다고 헤어져달라고, 네가 그렇게 해 주지 않으면 다시는 애도 못 보게 만들겠다고 협박하던 그였다. 그걸 원했던 그에겐 차라리 잘된 일이겠지. 그렇게 나와 아이는 둘이 되었다.

핏줄은 없다

챙 모자 쓴 도둑을 만난 직후 일말의 미련 없이 그 집을 떠났다. 하지만 우리가 살 곳은 그 어디에도 없었다. 경제적 능력이 제로인 나였다. 아이를 데리고 친구들과 친한 언니 집을 떠돌아다니는 생활로 연명했다. 수원, 아산, 서대문, 멀리 거제까지도. 돌도 되지 않은 아이를 데리고 떠돌이 생활을 하기엔 힘에 부쳤다. 그러다 막막한 우리 둘을 받아준 사람이 있었다. 바로 다섯 살 때 헤어진 친엄마다. 엄마 눈치 보며 살던 아빠는 날 받아주지 않았다. 갈 곳 없는 나를 끝내 품어주지 않았다. 친엄마에 대해 모르고 살던 초등 시절 친척들이 친엄마에 대해 알려줬다. 그 후 중학생 때 친엄마와 남동생이 살고 있던 집에 한 번 다녀온 적이 있다. 그게 친엄마와 연결되었던 전부였다. 갈 곳 없던 내가 남동생에게 연락했더니 당장 이리로 오라고 했다. 다섯 살 때 헤어진 뒤

다시 함께 살게 된 나에게 넉넉하지 않았지만 잘해주려
애쓰던 친엄마였다. 뭘 먹고 싶은지 물어보고 밥상을
차려주곤 했다. 아무도 내가 먹고 싶다는 밥상을 차려
서 준 적은 없었다.

"국 좀 더 줄까?"

내 국그릇을 가리키며 묻는 친엄마를 보는 순간 가슴
이 찌릿했다. 무슨 기분인지 도통 모르겠다. 친정엄마는
사랑이라며 이야기하곤 했던 다른 사람들이 떠올랐다.
받아보질 않아 정확하게 몰랐을 그런 감정이 있다면 바
로 이런 걸까? 임신하고 출산하며 걱정이 앞섰다. 엄마
사랑을 받아보지 못한 내가 과연 온전히 아이를 사랑해
줄 수 있을까? 하지만 그건 기우였다. 누가 가르쳐주지
않아도 내 아이에게 온전히 사랑을 쏟았다. 거기엔 미
안함까지도 묻어 있었다. 그런데 막상 아이를 낳고 키
워보니 아무리 힘들었어도 친엄마가 나까지 같이 끼고
살았더라면 어땠을지 불만이 고개를 들었다. 엄마 기분
을 살피다 보니 어릴 때부터 눈치가 빨랐다. 타인을 위
한 배려라는 가면을 썼지만 결국 나라는 존재는 없었
다. 엄마에게 사랑받고 싶어 부모님께 더 잘했다. 착한
장녀라는 가면을 벗지 못한 채로 살아갔다. 문득 이 모

든 게 남동생만 데리고 산 친엄마 때문이라며 화살을 돌렸다. 나까지 셋이서 살았더라면? 친엄마가 자꾸 원망스러웠다. 가정파탄 원인인 아빠와 엄마에게로 향하지 않은 채 친엄마를 밑도 끝도 없이 미워했다. 그러다 누구 한 사람의 잘못이 아니라 모든 어른이 다 잘못했다는 결론을 내렸다. 핏줄이 땅긴다고? 신경 쓰인다고 누가 그런 소리를 하나? 적어도 나는 아니다. 혈관이라는 뜻과 함께 '한 조상의 피를 이은 겨레붙이의 계통. 핏줄기. 혈통. 관용적표현으로 「핏줄(이) 쓰인다」라는 혈연적인 친밀감을 느낀다는 그 핏줄은 나에겐 없다. 생모인 줄 알고 만났으나 드라마에서 본 것처럼 핏줄이 당기지 않았다. 누군가 날 위해 밥상을 차려주고 관심을 보여준 그것. 그 이상도 그 이하도 절대 아니었다. 어른들에 대한 원망으로만 그득했다. 어른들의 진정 어린 사과도 받지 못한 채 세월이 흘러 나는 아이를 낳았다. 내 아이에게만큼은 핏줄이 아닌 함께 하는 따뜻한 기억을 남겨주고 싶다. 밥 한 끼, 다정한 손길, 그리고 사랑하는 마음. 그저 피를 나눴다는 게 아닌 함께 추억을 나누며 살고 싶다.

나 혼자 치러 낸 돌잔치

돌잔치 행사 진행자가 한껏 고조된 목소리로 말한다.

"이제 돌잔치 하이라이트입니다. 바로 돌.잡.이.입니다. 엄마는 우리 아이가 뭘 잡았으면 좋겠나요?"

"청진기를 잡으면 좋겠어요. 근데 돈도 잡으면 좋겠네요."

두 개나 잡길 원하는 엄마가 욕심이 많다면서 방법이 없지 않다고 한다. 청진기에 만 원짜리 지폐를 길게 접어 묶어주며 한 쪽 눈을 찡긋거렸다.

"과연 우리 아가는 엄마의 바람을 들어줄까요?"

배경 음악 효과음이 커지면서 멋지게 차려입은 아들 손이 움직이기 시작한다. 그러더니 돈이 묶인 청진기를 집어 들었다.

엄마 자궁 속에 있다가 세상 밖으로 나와 처음 맞이하는 생일은 평생 단 한 번 뿐이다. 일 년 동안 건강하게 살았음을 격려하고 앞으로의 삶을 축하해주기 위해 돌잔치를 연다. 도둑 들기 전 이미 예약한 돌잔치였다. 이렇게 아이와 둘만 살게 될지는 전혀 몰랐다. 취소해야 하나 말아야 하나 고민을 수없이 했다. 처음 맞이하는 생일에 부모 중 하나가 없다. 선택권이 없는 아이에겐 가혹했다. 처음에는 집에서 돌상 차려놓고 소박하게 둘이 하려 했지만 남들 다 하는 성대한 돌잔치를 이제 겨우 일어서서 첫걸음을 내민 우리 아이만 못하는 게 싫었다. 어차피 우리가 둘인 건 내 주변 사람들은 아니까 나만 용기 내면 되었다. 다만 선택할 수 없는 아이에게 돌잔치 사진만큼은 아이 아빠까지 온전한 부모가 함께였으면 좋겠다 싶었다. 그렇게 오랜만에 아이는 아빠와 재회했다. 보통 잔치 시작 전에 가족사진을 찍는데 그때 아이 아빠가 잠깐 와 주기로 했다. 오랜만에 만난 그는 오늘도 어김없이 늦었다. 밥은 먹고 다니는지 얼굴이 많이 상해 있었다. 우리 결혼식 예복으로 맞춘 재킷을 들고 와이셔츠 단추도 다 잠그지 않고 헐레벌떡 와서 아이 앞에 섰다. 아들을 물끄러미 바라보던 그가 재킷을 쥔 손에 힘주고 있는 게 느껴졌다. 지금 그는 무슨 생각을 할까? 자신을 닮은 아이를 바라보던 그의 눈이 반짝거리기 시작했다. 눈에 물이 고이고 있었다. 아빠를 향해 손을 뻗으며 발걸음을 내딛는 아이를 보는 순간. 내가 무슨 짓을 한 거지? 아이에겐 아빤데 내가 더 참아야만 했나? 어른들한테 분노와 의구심 안고 산 내가 아이 생각은 안중에도 없이 아빠와 띄워놓았나? 다섯 살인 나에겐 선택권이 없었다. 어른이 되고 보니 나한테는 묻지도 않고 멋대로 결정한 어른들이 야속했다. 그런데 내가 내 아이에게 똑같이 하고 있지는 않나? 아이와 아빠와의 거리는 불과 2~3m 남짓이었다. 거리만큼 짧은 시간이 흘러가고 있지만 그 찰나의 순간, 오만가지 생각으로 넘쳐나며 나에게만 시간은 느리게 흘러가고 있었다. 아이와 아이 아빠 손이 맞닿은 순간에 나는 눈물을 터뜨렸다. 복받쳐 올라오는 무언가가 느껴졌다. 남들은 한없이 행복하기만 할 돌잔치 한복판에서 우리는 울고 있었다. 사진 몇 장을 남기고 아이 아빠는 어깨가 축 늘어진 채로 가 버렸다.

처음부터 끝까지 돌잔치를 혼자 해냈다. 내 인생 이야기를 쓴 편지를 와 준 사람들에게 들려주었다. 4장이나 되는 긴 이야기를 들으며 여기저기서 훌쩍이는 소리가 들렸다. 우리 모자를 제일 오랫동안 받아준 친구가 맨 앞에서 입을 손으로 꽉 막고 하염없이 내리는 눈물을 닦고 있었다. 화장한 내 얼굴은 얼룩지고 있었는데 붙인 속눈썹만큼은 꼭 붙어 있었다. 그것마저 떨어졌다면 와르르 마음까지도 무너졌을지도 모른다고 안도의 한숨을 내쉬었다. 잔치 내내 왜 혼자 돌잔치 하는지 궁금했을 사회자도 내 이야기를 들으며 고개를 끄덕이기도 하고 손등으로 자신의 눈을 톡톡 치기도 했다. 모두 우리 아이 첫 번째 생일을 축복하고 응원하며 떠났다. 와주어서 감사하다며 인사하면서도 아리고 쓰라렸다. 그리고 공허했다. 심해, 빛이라곤 한 줌도 없는 깊숙한 바다 어딘가에 나와 내 아이만 덩그러니 있는 것만 같았다. 수압으로 인해 먹먹해져 어떤 소리조차 들리지 않았다. 화려했던 순간들 뒤에 찾아온 낯선 감정이 나를 억누르고 있었다.

시댁 근처 홀로서기

다섯 살 때 헤어지고 만난 친엄마를 돌고 돌아 다시 만났다. 하지만 사정이 생겨 그녀와 헤어졌다. 아주 짧았던 재회였다. 결국 다시 아이와 나 둘이 시작해야만 했다. 홀로서기를 준비하며 터를 잡을 동네를 물색했다. 홀로 아이를 키우다가 혹시 모를 순간에 대비해 주변에 누군가 있었으면 좋겠다고 생각했다. 내가 쓰러지기라도 하면 혼자 있을 아이가 눈에 아른거렸다. 그때 제일 친한 친구가 떠올랐다. 조심스럽게 친구에게 말을 꺼냈고 친구는 친구 남편과 상의했다. 우리 셋은 고등학생 때 만나 속사정도 뻔히 알고 있는 친구였다. 감정적으로만 접근하는 우리 둘과는 달리 친구 남편은 언제나 이성적이었다. 아무리 친해도 너무 가까워지면 힘들어질 수도 있다는 애정 어린 충고를 해 줬다. 그 말을 듣고 이해도 안 되고 속상함이 앞섰다. 시간이 흐르고 나중에 생각하니 친구 남편은 현명했다. 친구네 근처에서 홀로서기를 하지 않았기에 아직도 우리 사이가 돈독할지도 모른다. 마지막으로 떠올랐던 건 시어머니였다.

　내가 살던 동네이기도 했고 무슨 일이 생기면 손주인 아이를 외면하지 않으리라 생각했다. 시어머님 댁 근처에 우리 보금자리를 구했다. 저소득층 한부모가정으로 정부가 실시하는 제도 도움을 받았다. 저렴한 이자로 보증금도 대출받고 도배도 무료로 정부에서 해 주었다. 하늘이 무너져도 솟아날 구멍이 있다는 말을 실감했다. 쥐뿔도 없이 어떻게 사나 막막했지만 그렇게 나는 시작할 수 있었다. 손주를 가까이서 볼 수 있어 어머님은 좋아하셨다. 친엄마 이야기도 들으시고는 서로에게 엄마와 딸이 되어 살아가자며 손을 잡아주셨다. 남편과는 이혼했지만 시어머니와 나의 인연은 다시 시작되었다. 하지만 너무 가까워지면 힘들 수도 있다고 했던 친구 남편이 말한 의미를 그땐 몰랐다. 어머니와 적당한 거리는 무너지고 자꾸만 나는 휘둘렸다. 나도 모르게 시어머니 말과 생각에 블랙홀처럼 빨려 들어가고만 있었다. 내가 생각했던 홀로서기가 아니고 어머니한테 의존

한 채 살고 있었다. 의존을 넘어 내 의지와는 다르게 어머니가 한 말을 내가 따라야만 하는 이상한 상태가 지속되고 있었다. 무언가 잘못 흘러가고 있다는 걸 깨달으며 정신이 번쩍 들었다.

1분 안에 나와

윙~윙~. 휴대전화 진동 소리. 액정 화면을 바라보니 '어머님'이라고 떴다.

"하~."

짧지만, 너무 짧지만도 않은 탄식이 섞인 소리가 나도 모르게 살짝 입술에서 새어 흘러나왔다.

"네. 어머니."

"지금 어디니?"

"집이요."

"1분 안에 나와."

"...네."

어머니 댁과 우리 집은 걸어서 5분 거리이고 차로는 1분 걸린다. 1분 안에 나오라는 건 어머니 댁 지하 주차장에서 출발했다는 뜻이다. 아이 학교 가기 전 아침 식사 준비하다가 서둘러 겉옷을 걸쳐 입고 현관문을 나왔는데 어머니 차가 이미 서 있다. 전화 끊자마자 바로 겉옷만 입고 나왔는데도 먼저 도착해 계셨다. 운전석에 앉은 어머니가 보조석 창문을 내리고 뭔가를 건네준다. 건네주시는 건 매번 다르다. 과일일 때도 있고 옷 정리하다가 어머니가 안 입는 옷일 때도 있다. 건네주고 떠난 어머니에게서 다시 전화 온다. 수화기 너머로 뭘 줬는지 설명하기 시작한다.

언제나 어머니는 전화 걸어 어딘지 물어보고 내가 집이라고 하면 바로 나오라고 한다. 처음에는 매번 챙겨주시는 마음에 감사했다. 그러다 너무 자주 이런 전화를 받고 나니 기분이 썩 좋지만은 않기 시작했다. 더군다나 쓰기 애매모호한 것들도 많이 주셨다. 좁은 집에 물건이 잔뜩 쌓여갔다. 그러다 날이 화창한 오후 오랜만에 동네 엄마들을 만났다. 우리 집에서 좀 멀리 떨어진 곳 놀이터에서 아이들은 뛰놀고 엄마들은 커피 마시며 이야기하고 있었다. 따스한 햇살이 부드럽게 나를 감싼 느낌이 좋았다. 오랜만에 야외에서 햇살 받고 있으니 생기 돌았다. 윙~. 윙~. 어머니에게서 전화가 걸려왔다.

"어디니?"

"밖이에요."

"어딘데?"

"여기 동네 근처예요."

계속 물어보는 어머니께 어딘지 말하고 전화를 끊고 얼마 뒤 다시 전화가 걸려 왔다.

"엄마, 그 근처 상가 앞에 있다. 얼른 와서 이거 받아 가."

여기까지 오신 어머님이었다. 얼른 그쪽으로 달려가니 보조석 창문으로 봉지 하나를 건네며 말했다.

"이거 지금 갓 구운 빵이야. 너랑 우리 손주 먹으라고. 이거 지금 먹어야지 맛있어. 나중에 먹으면 맛없어."

지금은 다른 사람들도 같이 있어서 나중에 집에서 먹겠다고 하니 지금 바로 먹어야 맛있어서 온 거라고. 다른 사람들과 나눠 먹으라며 했다. 어머니와 헤어지고 빵을 들고 놀이터로 온 나를 보며 다른 엄마들은 놀랐다. 급한 일이 있는 줄 알았다고. 근데 빵 주러 오신 거였구나. 말끝을 흐렸다. 윙~. 윙~. 휴대전화 진동이 울려 쳐다보니 어머니였다. 전화를 받자마자 빵 맛있냐고 물어본다.

어머니와 나 사이에는 적당한 거리가 없어서 숨이 막혔다. 처음에는 이혼하고 아들 둘을 혼자 키워낸 어머니가 존경스러웠다. 게다가 경제적으로도 성공한 사실이 대단했다. 진심으로 대하며 서로 좋은 관계를 유지했다. 엄마와 딸처럼 지냈다. 십 년 넘는 시간 동안 아이 아빠가 우리에게 왔다가 다시 나갔다가 들어오고를 반복하면서도 우리 사이는 좋았다. 문득 너무 깊숙해진 어머니 관심이 버거웠다. 관심이 힘든 게 아니라 결국 결론은 어머니가 정해놓은 대로만 흘러가야 하는 사실이 힘들었다. 한 번은 카카오톡 프로필을 변경했다. '힘들다'라는 상태 메시지를 보고는 곧바로 어머니한테 전화 왔다.

"네가 아비 때문에 힘들어도 그런 거 그렇게 올리는 거 아니다. 다른 사람들도 다 본다. 그러니 바꿔라."

그리고 덧붙인다.

"아이 아빠에 대해 네 주변 사람들한테 이러쿵저러쿵 이야기하면 그거 다 네 얼굴에 침 뱉는 거야. 게다가 네 앞에서는 네가 힘들겠다, 너 불쌍하다고 하겠지만 결국 널 도와주는 이 하나 없을 거다. 하지만 엄마는 다르잖아. 결국 너 도와주고 하는 건 엄마다."

적당한 거리가 절실하게 필요했다. 내 의견을 조금씩 말해보았지만 바뀌는 건 없었다. 조그맣게 소리 내서인지 여지없이 무시당하기 일쑤였다. 시간이 흐르는데도 매일 반복되는 상황이었다. 아이 아빠와도 힘든 상태였다. 내 상처가 아물지도 않았는데 자꾸 덧나기 일쑤인 나였다. 내 상처도 버거운데 그까지 보듬어줘야 하는 상황이 더욱 나를 옥죄었다. 더 이상 안 된다고 생각했다.

"어디니?"

"집이요."

"지금 나올래?"

"제가 지금 방금 일어나서 아들보고 나가라고 할게요."

이렇게 말하고는 전화 끊은 내 심장이 요동쳤다. 마치 눈을 가리고 있던 눈가리개를 벗어 던진 것처럼 세상이 환해지면서 눈부셨다. 겹겹이 둘러싸여 있던 막을 걷어낸 것만 같았다. 아주 약간의 틈을 벌렸다고 생각했다. 적당하진 않지만 그래도 틈을 만들었다고. 하지만 어머니는 여전히 전화 걸어 갑자기 나오라고 반복한다. 다만 지금은 용기 내어 말한다. 나도 내 생각이 있다는 걸 자각해 누군가에게 표현한 것. 그건 내 인생에서 크나

큰 변화다. 루이 암스트롱이 달에 첫 발을 딛었을 때만
큼이나 내 인생에선 역사적인 순간이다. 스무 살을 두
번 겪은 내가 드디어 틈을 벌리고 있다.

3부

내 감정을 읽어주는 종이

감정에 눈 뜨다

어떤 일에 대해 일어나는 마음이나 느끼는 기분을 감정이라고 한다. 누구나 감정을 느끼며 살아가지만 그걸 정확히 인지하지 못하는 사람이 더 많다. 감정에 대해 모르면 표현하는 게 더욱 어렵기 마련이다. 지금까지 내 감정을 표현하기보다 최대한 절제하며 사는 게 미덕이라 여기는 사회에서 살았다. 게다가 가정에서도 내가 느끼는 감정을 들여다보고 말하지 않은 삶을 살아왔다.

홀쩍 마흔을 맞이한 나는 끝도 없이 이어지는 깊은 터널 속에서 길을 잃었다. 일상생활조차 견디기 힘들어 전문가에게 상담받기 시작했다. 일주일마다 만나는 상담자분은 나에게 물었다.

"지난 일주일 동안 마음은 어땠어요?"

그럴 때마다 비슷한 대답을 언제나 늘어놓았다.

"그냥 그랬어요."

말하고 난 뒤에 다시 일주일 동안 어땠는지 생각해 봐도 잘 몰랐다. 감정과 마음 상태를 잘 몰랐다. 그저 힘들었다. 힘들고 답답해서 몸까지 아파 상담받았다. 그런데 내가 왜 힘든 건지 그래서 뭘 어떻게 느끼는지도 몰랐다. 상담하다 보니 어린 시절 이야기도 나왔다. 인생 이야기를 하기에는 상담 시간은 턱없이 모자랐다. 두서없이 폭포수처럼 말이 쏟아져나왔다. 나열조차 되지 않는 말들이 끊임없이 이어졌다. 만남 때마다 상담 비용이 들었던 탓에 경제적으로 부담이 되었다. 관계 속에서 얽히고설킨 거미줄처럼 내 힘듦은 촘촘해서 빠져나오기 힘들었다. 접근하는 것조차 엄두가 나지 않아 포기해 버렸다. 그냥 이렇게 살아야 하나보다 생각하면서 나는 곪았다.

밖에 나가기는커녕 누워있던 몸을 일으키는 것조차 의지대로 되지 않았다. 꾸역꾸역 마지못해 살고 있는 사이 아이는 어느새 커가고 있었다. 그러다 문득 내 우울감이 아이에게 옮겨가서 붙어버리면 어쩌나? 겁이 났다. 내 아이에게까지 찾아갈지도 모르는 우울과 힘듦을 내 선에서 끊고 싶었다. 힘들어하던 나를 보며 안타까워하던 동네 엄마에 의해 등 떠밀리듯이 신청한 도서관 강좌 덕분에 감정에 눈을 뜨게 되었다. 그림책 감정 표현 놀이지도사. 긴 글은커녕 뭔가 읽기도 힘들었던 나였다. 그저 매일을 살기에 급급하며 마음은 복닥거리기만 했다. 하지만 아이가 어릴 때부터 읽어줬던 그림책이라면 가능할 것 같았다. 감정 표현이라는 말에도 관심이 갔다. 그렇게 감정을 잘 알지도 표현하지도 못했던 내가 다양한 감정에 대해 알아갔다. 기쁨, 슬픔, 두려움, 분노, 사랑, 질투, 감동 등 감정에 대해 깊게 들여다보며 하나하나 표현했다. 음악을 듣기도 하고 글쓰기도 하고 그림을 그리기도 했다. 다양한 방법으로 감정과 만나면서 점차 내 감정의 주인이 되었다. 내가 느끼는 감정이 무엇인지 인지하자 조금씩 달라졌다.

다양한 감정으로 그림책을 만났다. 어떤 일에 대해 내가 이런 마음을 갖고 있었던 걸 알고 감정을 오롯이 들여다보았다. 그러다 나와는 다른 감정을 느끼는 아이 아빠가 눈에 들어왔다. 같은 일을 겪어도 저 사람과 나는 이렇게나 서로 다르다는 걸 깨달았다. 그동안 내 틀과 기준에 끼워 맞춰 다른 누군가를 생각하고 살았던 건 아닐까? 여기까지 생각하다 보니 비용을 들여가며 상담해도 풀리지 않던 실마리가 보이는 느낌이었다. 얽히고설킨 거미줄 같은 관계는 너무 방대해서 건드리기조차 겁이 났지만 어떤 일이 생기면 우선 내 감정부터 생각해 보려고 애썼다. 바로 감정 알아차리기의 시작이었다.

일이 늦게 끝나서 온 신랑에게 저녁을 차려준다. 요리에 젬병인 나와는 달리 요리사로 일하는 신랑은 맛에 예민하고 민감하다. 돈가스를 준비해서 접시에 담아 게임하고 있는 신랑 앞에 놓았다. 돈가스를 한입 베어 물고 짜증 섞인 목소리로 말한다.

"뭐야? 가운데는 차갑잖아."

에어프라이어에 돌린 돈가스인데 제대로 데워지지 않은 모양이었다. 여유 있게 식사를 준비하지 않고 얼른 차려주고 자고 싶던 나였다. 예전 같으면 주눅이 들어 미안하다고 하며 얼른 다시 차려주기 급급했을 테다. 이미 잠들었을 시간에 밥상 차린 나다. 신랑이 늦게 오니까 배고플까 봐서 말이다. 졸린 눈을 비비며 차려

줬는데 차갑다며 짜증 내는 신랑이 마뜩잖았다. 아무리 차가워도 나에게 짜증 내며 말하지 않으면 좋겠다고 생각했다. 내가 갖고 있는 생각과 감정을 인지하고 말을 꺼냈다.

"내가 졸렸거든. 더 돌리지 않고 꺼내버려서 그랬나 봐. 미안해. 그런데 말할 때 짜증 내면서 말 안 해 줬으면 좋겠다."

한 번도 이렇게 표현하지 않던 내가 이상했는지 남편은 나를 쓱 쳐다보고 이내 곧 고개를 돌렸다. 다음날 여전히 퇴근해서 돌아온 신랑을 위해 밤늦게 저녁을 차렸다. 컴퓨터 게임하는 남편 앞에 쟁반을 내려놓자 들리는 소리.

"고마워"

순간 잘못 들은 줄 알았다. 남편에게 밥 차려주고 고맙다는 말을 살면서 듣게 될 줄이야. 나에게 이런 날도 오는구나. 저 사람이 고맙다고 표현하기도 하는구나. 감정에 눈을 뜨니 달라졌다. 그저 감정을 알아차리기만 했을 뿐이다. 차갑게 가라앉다 못해 처절했던 젊은 내 모습이 머릿속에서 스치며 후회가 살짝 밀려왔다.

신문으로 감정 들여다보기

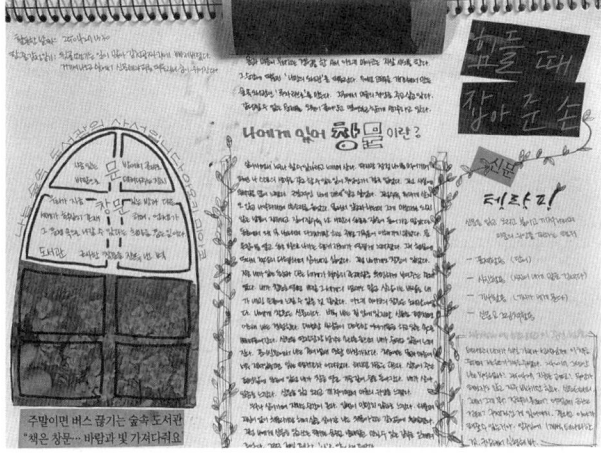

<나는 숲속 도서관의 사서입니다>라는 책을 쓴 아오키 미아코. 몸과 마음이 무너지는 경험을 한 사서 아오키 미아코는 자살 시도를 한다. 그 순간에 나만의 도서관을 만들기로 결심한다. 그녀는 70년 고택을 개조해서 만든 숲속 도서관인 '루차 리브로'를 만들고 그곳에서

위안을 주고받으며 살고 있다.

　혼자서 감당할 수 없는 문제를 오롯이 끌어안고 열린 마음으로 생각하려고 애쓴다. 방에서 곧바로 바깥으로 연결해 주는 문과는 달리 창문은 희망을 품게 해 준다. 아마도 방과 다른 세계가 존재하지만 언젠가 그 풍경 속으로 나갈 수 있다는 느낌이 들어서가 아닐까? 아오키 미아코에게 있어서 창문은 도서관의 서가이다. 그렇다면 나에게 있어서 창문은 뭘지 생각했다. 내게 창문은 신문이다. 나 자신은 돌보지 않고 살며 내 인생을 책임지지 않았다. 그러다 보니 타인에게 휘둘리는 삶에서 나오지 못하고 감정에 휘몰아치다 못해 휩쓸렸다. 신문을 읽으면서 작지만 내가 선택한 하나의 기사를 읽고 생각했다. 그 경험들이 쌓여가며 그렇게 '나'를 알아가는 중이다. 두 번이나 결혼하면서도 사랑을 좇고 있다. 그렇게 감정을 알아가고 있다. 신문은 나에게 희망을 품게 해 주는 창문이다.

한 남자와 두 번의 결혼 (1)

　출산할 때쯤 바람은 시작되었다. 아이가 태어나자마자 시작된 육아와 더불어 나에게는 짧은 시기에 많은 일이 벌어져 태풍이 몰아쳤다. 임신하며 임부복조차 맞지 않을 정도로 살이 쪘는데 눈 깜짝할 사이에 살이 쭉쭉 빠져버렸다. 우여곡절 끝에 우리는 가정법원에서 재회했다. 이혼 의사를 확인하는 자리였다. 책상 밑에 있던 손이 미세하게 떨린다. 책상 위로 손을 올리려다 내렸다. 도통 손을 어디에 두어야 할지 모르겠다. 오른손으로 왼손을 감싸 쥐었다가 편다. 애꿎은 손가락만 연신 꽉 움켜쥐었다가 펴기를 반복했다. 꽉 움켜쥔 손에 손톱자국만이 선명하게 남았다. 이 순간이 낯설었다. 앉아 있는 다른 사람들 주위에도 냉기 어린 바람이 지나가고 있는 게 느껴진다. 서늘함에 몸이 부르르 떨린다. 앞에 앉아 있는 사람이 나에게 이혼 의사 여부를 재차 묻는다. 그저 사실 여부를 물어보는 건데 떨리는 목소리로 말하다 결국 눈물이 흘러나왔다. 아이를 화목한 가정에서 키우고 싶었던 꿈이 깨져서일까? 절차가 끝난 뒤 법원을 나서며 TV에서만 보던 장소에 내가 있는 게 믿기지 않았다. 배우 신구의 목소리가 어디선가 들리는 것만 같았다.

"4주 후에 뵙겠습니다."

예전에 방영했던 '사랑과 전쟁' 프로그램에서 협의이혼 숙려기간을 말하는 대사였다. 지금 순간이 꿈만 같았다. 우리에게는 미성년 아이가 있기에 서류상으로는 3개월여 뒤에 갈라섬이 확정되며 나는 이혼을 했다.

이혼 후 아이와 둘이 된 나는 열심히 하루하루 살았다. 꼬물거렸던 아이가 이젠 걷고 말하기 시작한다. 그 아이에겐 내가 전부다. 가장이 된 나는 일할 때 어린이집에 아이를 맡겼는데 제일 처음 등원하는 아이도 제일 늦게 하원하는 아이도 우리 아이였다. 무엇보다 제일 힘든 건 아이가 아플 때였다. 누구에게나 아이가 아프면 힘들겠지만 도움받을 누군가가 전혀 없는 나로서는 그때가 견디기 제일 힘들었다. 아픈 아이를 어쩔 수

없이 맡기고 올 때면 내 심장을 누군가 쥐어뜯는 거 같았다. 그래도 세월은 흐르고 흘러 다시는 마주치리라 생각하지 않았던 사람을 볼 날도 온다. 돌잔치에서 보고 본 적 없던 그가 아이랑 둘이 살고 있던 집에 홀연히 찾아왔다. 요란한 소리를 내며 오토바이를 타고 와서는 대뜸 라면을 끓여달라고 했다. 아무 말도 없이 라면을 끓이고 있는데 아빠라는 말을 해 본 적도 없던 아이가 돌잔치에서 보고 처음 본 아빠에게 가서 덥석 안긴다. 그리곤 그동안 하지 못했던 말이 많았다는 듯이 아빠를 불러대며 말을 쏟아냈다. 그렇게 물에 물 탄 듯, 술에 술 탄 듯이 우리는 셋이 되었다. 사람이란 웃긴 존재다. 누구보다도 제일 웃긴 사람은 다름 아닌 나였다. 도대체 감정이란 어떤 녀석일까? 불과 몇 년 전 그를 죽이고 싶을 정도로 증오했다. 평생 안 보고 살 작정이었다. 분명 그 마음이었다. 아이와 함께 셋이 자려고 누웠을 때다. 갑자기 두근거렸다.

'이건 뭐지? 왜 이리 설레는 것처럼 두근거려?'

내가 미친 것만 같았다. 다른 여자랑 살며 아이를 단한 번도 보지 않았던 사람이다. 그런데도 두근대는 내가 이상하기만 했다. 지금이라도 아이가 어릴 때 와 줘서 고마웠다. 그러다가도 혼자 고군분투하며 아이 키웠던 게 떠오르며 미워졌다. 너무 다른 생각들이 마음속에서 힘겹게 서로 차지하려고 싸우고만 있었다.

 내가 원했던 완전체로 우린 온전한 가정이 된 것만 같았다. 한부모가정으로 살면서 겪었던 힘듦이 주마등처럼 스쳐 지나갔다. 아이에게 아빠가 다시 생겼다는 그 사실만으로 충분했다. 다시 시작해보자며 굳게 마음먹고 셋이 된 하루를 살아갔다. 하지만 모든 건 오래가지 않았다. 짧아도 너무 짧았다. 나와 우리 아이를 들쑤셔 놓고 그는 다시 그 여자에게로 갔다. 둘의 사랑싸움에 철저한 피해자는 우리였다. 심하게 싸우고 난 뒤 갈 곳이 없어 우리를 찾은 거였다. 이혼했을 때보다도 상당한 타격감이었다. 어렵사리 마음을 열었던 나는 난도질 당했다. 너덜너덜해졌다. 막 걷기 시작할 때 아무것도 몰랐던 아이가 아니라 이제는 아빠 존재를 정확히 알고 전화 걸어달라고 말하는 아이였다. 그때와는 달랐다. 우리에게 다시는 오지 않더라도 애가 전화하면 받아주지…. 다른 무엇보다 우리 아이 마음에 상처 주는 게 제일 싫었다. 전화도 안 받는 그가 싫었지만 내가 그를 미워하든 말든 딱 하나만큼은 지켜내고 싶었다. 아이에게만큼은 아빠에 대해 안 좋게 말하고 싶지 않았다. 내가 생각하는 아이 아빠를 오롯이 전달했다가 아이 마음에 증오나 적대심을 심어줄까 봐 염려되었다. '힘들다'라는 말로는 감당조차 되지 않았다. 너덜너덜해진 마음을 안고 그렇게 우린 다시 둘이 되었다.

한 남자와 두 번의 결혼 (2)

 배신감으로 온몸이 덜덜 떨렸지만 어쩔 수 없었다. 아무리 힘들어도 살아야지. 별수 있나? 지켜야 하는 내 새끼가 있었다. '살아내야겠다'라는 결연함밖에는 없었다. 원래 둘이었던 우리가 잠시 셋이 된 것일 뿐. 그 이상도 그 이하도 아니라고 생각하며 없는 힘을 쥐어 짜내 살았다. 매일 일하고 퇴근 후 아이와 함께 저녁을 보내며 하루를 보냈다. 몸은 고되었지만 내 새끼를 볼 수 있는 유일한 저녁이 좋았다. 끽해야 두어 시간이었지만 하루 종일 보고 싶던 아이랑 살 부대끼며 책도 읽어주고 쫑알쫑알 아이가 하는 이야기를 듣는 그 맛으로 버티었다. 하루하루가 지나 월급날이 오고 다시 또 한 달이 반복되며 흘러가는 삶을 보냈다.

어느덧 우리 아들은 초등학생이 되었다. 하루의 끝에 샤워를 끝내고 수건으로 물기를 닦았다. 분명 화장실에서 물기를 닦고 나왔는데도 내 얼굴과 몸 구석구석에 올망졸망 물기가 있다.

'이건 땀일까? 물일까? 눈물일까?'

분간이 가지 않을 반짝반짝한 여름이 지나갔다. 이제는 씻고 나오면 살짝 서늘한 기분마저 느껴진다. 그때 그는 우리를 다시 찾았다. 아주 커다란 여행용 가방을 끌며 다가오는 그가 보였다. 캐리어 바퀴가 지면에 닿으며 우직하면서도 위태로운 소리를 냈다. 마치 내 미래가 내는 소리 같았다. 네 개 바퀴 중 하나는 금방이라도 빠질 듯이 아슬아슬했다. 아직 그렇게 춥지는 않았으나 수면 바지를 입고 서 있었다. 그는 혼자 겨울 한복판에 서 있었다. 얼굴에는 그림자가 장악했고 쭈뼛쭈뼛 솟은 수염들은 그를 더 추리하게 보이게 만들었다. 그 사이 그는 딸이 있는 다른 여자와 살고 있었다. 몸도 마음도 고장이 난 것도 모자라 아예 망가져서 돌아왔다. 멍하니 있다가 눈물만 쏟아내기도 하고 어떨 땐 가만히 있는데 배변이 줄줄 새어 나오기도 했다. 셀 수도 없는 정신의학과 알약만큼이나 그는 자살 시도를 했다. 다른 무언가를 생각할 겨를도 없이 사람부터 살려야만 했다. 그는 여전히 우리 아이 아빠였으니까. 함께 살던 마지막 여자랑 많은 일이 있어서 힘들었다고만 하는 그가 계속 반복한다.

"살아보니 너 같은 여자가 없다."

진심으로 미안하다는 그의 눈이 진짜임을 말해주고 있었다. 나는 그를 수용했다. 그를 감히 구조해야겠다고 생각조차 못 했다. 옆에서 그저 지켜봤다. 그가 자살 시도를 멈출 때쯤 나는 또 결혼했다. 내가 생각했던 인생도 아니었고 꿈꿨던 인생은 더더욱 아니다. 그렇게 난 한 남자와 두 번 결혼했다. 인생을 생각한 대로 흘러가지 않는다. 내가 이 사람과 다시 살게 될 줄 정말 몰랐다.

꿈꾸다, 자살

　삶을 등진다는 건 어렵다. 처음을 나는 이렇게 기억한다. 아이가 백일을 넘긴 그때, 우리는 도둑 들었던 그 집에 살고 있었다. 아이 아빠가 쓰는 방에 내가 서 있었다. 방문은 활짝 열려있었는데 내 오른손에는 주방 가위가 들려있었다. 언제부터 서 있었는지도 모르겠다. 아무것도 입지 않고 자던 아이 아빠가 어느 순간부터 씻고 나오는 순간부터 옷을 챙겨 입고 나오고 잘 때도 옷 입고 잔다. 가증스럽다. 괘씸하기 짝이 없었다. 바닥에 매트만 덩그러니 있는 크지 않은 방이었다. 퀸사이즈 매트리스를 벽에 딱 붙였더니 방문이 겨우 열리는 방이었다. 거기에서 손에 가위를 들고 물끄러미 잠든 그를 쳐다보며 서 있다.

　'바람피운 놈은 죽어 마땅해.'

　마음 깊은 곳에서 누군가 속삭였다. 그를 먼저 죽이고

나도 죽어버리자고 생각했다. 생각만이 머릿속을 빙빙 돌며 혼란스럽다. 주방 가위를 들고 여전히 서 있다. 얼마나 시간이 흐른 걸까? 자던 그가 손으로 목을 벅벅 긁으며 뒤척이자마자 술 냄새가 이내 풍겨 왔다. 지금이다. 가까이 다가서며 심장이 쿵쾅거릴 거라 여겼는데 오히려 고요했다. 바로 그때였다. 아주 멀리서 무슨 소리가 들려왔다.

'뭐지? 무슨 소리지?'

그 소리는 점점 또렷해지고 있었다. 그 순간, 마치 내 몸에서 누가 빠져나간 것처럼 정신이 번쩍 났다. 바로 옆방에서 자던 우리 아들 울음소리가 귓가에 들리면서 내 손에 들린 가위가 보였다.

'도대체 무슨 생각을 한 거야? 정말로 죽이고 나 또한 죽으려고 한 거야?'

그 순간 우리 아들이 울지 않았더라면 가위로 난 무얼 했을까? 우리 아들에게 난 삶을 빚졌다.

두 번째는 아이가 초등학생 때 여름이었다. 그때가 나의 두 번째였다. 내 처음과 두 번째 사이 간격은 꽤 컸다. 같은 사람에게 바람이라는 이름으로 세 번이나 배신당했다. 나 같은 바보 천치는 세상 어디에도 없다. 배신당한 것만으로도 힘들었는데 다른 무엇보다도 나를 바닥으로 내민 건 나를 인간 취급조차 하지 않은 그의 태도였다. 아들 앞에서도 인간 취급을 받지 못하는 날들이 쌓여만 갈수록 그 상처가 나를 베어 냈다. 아물기도 전에 자꾸만 베이는 상처 때문에 나는 서서히 곪아 갔다. 나를 더 깊은 나락으로 옥죄어가고 있었다. 이상하게 그날은 아무도 없었다. 집에 나 혼자만 있게 되는 경우는 거의 없었다. 언제나 아들과 함께였으니 말이다. 퇴근 후 들어온 집에서 나는 불을 켜지 않았다. 깜깜한 게 내 마음과 닮아 있었다. 어둠 속에서 소리도 내지 않고 울었다. 어릴 때부터 우는 소리만 들리면 엄마에게 맞았던 덕분에 소리 내서 우는 방법조차 몰랐다. 주먹으로 가슴을 땅땅 때렸다. 그렇게라도 가슴을 치다 보면 심장이 멈추기라도 할 듯이. 조용하고 어두운 공간에서 둔탁한 소리만 들려오고 아주 가끔 꺽꺽 넘어갈 듯한 소리만이 적막 속에서 새어 나왔다. 그렇게 한참을 울다 고개를 들자 하얀 벽걸이 에어컨이 눈에 들어왔다. 에어컨을 보자마자 갑자기 미친 사람처럼 길고 긴 끈을 찾기 시작했다. 끈을 매달아 저기에 매달리기만 하면 될 거 같았다. 그거면 될 거 같았다. 마음의 상처를 더 이상 받지 않는 곳이 있다면 그곳으로 어서 가고 싶었다. 획 눈깔이 돌아버려 내 정신은 증발했다. 옷장을 뒤적이던 내 손에 아이 아빠 허리띠가 들렸다. 의자를 놓고 그 위에 올라가 허리띠를 에어컨에 감아보려 이리저리 시도했다. 허리띠가 도톰해서 에어컨과 벽 사이 틈으로 잘 들어가지 않자 나는 힘을 더 세게 주었다. 항상 우리 아이가 앉아 책도 읽고 그림도 그리던 조그맣고 동그란 하얀 의자에서 순간 중심을 잃으며 바닥으로 떨어졌다. 떨어지면서 정신이 들었다.

'누구 좋은 꼴 보라고 내가 죽어? 내 새끼 클 때까지 내가 지켜야지. 내가 죽긴 왜 죽어. 등신아. 이 등신아. 네가 잘못한 게 뭐야? 잘못한 것도 없는데 미쳤다고 세상을 등져? 너 자신이 머저리나 등신이 아니야. 너한테 그렇게 한 사람이 잘못한 거지. 네 탓이 아니야. 제발 널 소중히 여겨. 제발. 너 자신으로 살아가.'

곪디 곪아 터진 내 상처가 나에게 소리쳐댔다. 그래, 살아야지. 내가 죽긴 왜 죽어? 우리 아들이 앉던 동그랗고 하얀 의자가 날 살렸다. 처음처럼 아이가 날 또 살린 셈이다. 내 안의 상처가 제발 너 자신을 위해 살아가라고 꾸짖었다.

 살아가며 삶을 등지고 싶은 순간이 또 올지도 모르겠다. 인생은 생각대로 흐르지 않으니까 말이다. 하지만 이젠 그런 순간이 오더라도 다른 무엇보다 나 자신을 생각할 거다. 지금부터라도 삶의 무게 중심을 '나'에게 두는 일상을 살아갈 거다. 나 자신을 위해 단단해져서 나에게 더 이상 욕하지도 않고 탓하지도 말자. 오늘도 살아낸 나를 위해 잘했다고 토닥여준다. 이젠 더 이상 꿈꾸지 않는다.

강심장 되기

건강 검진 결과지를 받으러 간 병원에서 심장에서 이상 소견이 보인다고 바로 큰 병원으로 가란다.

"네? 저 괜찮은데요? 지금 바로 가라고요? 지금요?"

급성 심근경색이 의심되니 지금 바로 가라고 신신당부했다. 언제부터인지 모르겠지만 심장이 뛰었다. 원래 심장은 뛰어야 한다. 하지만 아주 깊은 곳에서 물을 퍼내려 펌프질을 해대는데 물이 나오지 않는 것처럼 심장은 뛰고 있는데 헛돌듯이 이상했다. 순간 쥐어짜듯 아프기도 했다. 무엇보다 아이 아빠가 자면서 내는 숨소리에도 심장은 반응을 보였다. 은밀하게 힘들다고 내뱉고 있었다. 어떨 땐 숨쉬기가 힘들 정도로 호흡곤란이 찾아오기도 했다. 그의 말, 행동, 심지어 숨소리에도 심장은 반응했다.

'이제 40대밖에 되지 않았는데 급성 심근경색으로 급

히 큰 병원으로 가라니?'

의사 소견서를 들고 아들과 함께 근처 큰 병원 응급실로 향했다.

'지금 이렇게 건강한데 뭐 큰일이야 있겠어?'

덜컥 겁이 들어 잡고 있던 아들 손을 더 꽉 움켜쥐었다. 우리 아들 클 때까지는 내가 있어야 하는데 지금 죽으면 절대 안 된다고. 마지막 진료로 검진 결과를 받은 터라 병원 밖을 나서니 노을이 지고 있었다. 오묘한 색을 내뿜으며 변하는 하늘을 바라보고 있노라니 느낌마저 묘했다. 생(生)에서 마지막 순간을 색으로 표현한다면 이런 색일까?

인생을 살며 제일 어려웠던 게 관계였다. 그중에서도 남편과의 관계가 언제나 힘들었다. 감정적으로 아이처럼 구는 그를 감당해 내기 버거웠다. 그걸 감당하기에 나의 내면 아이 또한 어렸다. 둘 다 말 한마디, 행동 하나에 상처기가 쉽게 나고 몸까지 아팠다. 이상하게도 심장이 욱신거리거나 쥐어짜듯이 아팠다. 갑자기 숨이 쉬어지질 않았다. 관계에서 오는 상처가 깊어질수록 숨 쉴 때마다 숨이 옅어졌다. 누군가 내 심장에 무지하게 커다랗고 무거운 돌덩이를 올려놓고 가 버렸다. 큰 병원 응급실도 가고 심지어 심장 전문 병원까지도 찾아갔다. 수치상으로는 심근경색이 의심되기는 하나 현재로서는 걱정하지 않아도 된다고 했다. 스트레스를 받아 수치가 그렇게 나올 수 있다고도 했다. 심장 문제로 병원을 들락거리다 보니 어느 순간 나에겐 목표가 생겼다. 강심장 되기! 감정의 파고가 심한 아이 아빠로 인해 버거웠다. 서로 말도 안 하고 살며 힘든 시간을 보내면서 내려놓을 부분은 과감하게 내려놓자고 생각했다. 누군가를 바꾸려고 하지 말고 그 존재를 오롯이 인정하며 내 심장을 단련시키기로. 바꿀 수 없는 부분은 내버려두고 바꿀 수 있는 나에게 초점을 맞추자고.

부모도, 남편도 내 편이 아니었다

얼마나 깊은지 알 수 없는 푸르스름한 호수. 호수에 반사되어 이내 곧 달은 두 개가 되었다. 거기에 조그마한 나룻배가 떠 있고 그 안에 나 홀로 누워 있다. 어디선가 벌떼가 몰려들기 시작했다.

'이 벌떼들은 어디서 날아왔지?'

생각에 생각이 꼬리물기도 전에 허공에 손을 마구 휘저으며 애썼다. 누군가 다른 사람이 보면 마치 달을 손으로 잡아보겠다는 듯이 보일 수도 있겠다고 생각했다. 휘젓던 손에 벌을 쏘인 순간 모든 벌떼 꽁무니에 있는 침이 전부 나를 향해 달려들었다. 너무나 무섭고 두려워 아무 생각도 들지 않았다. 그저 벌떼를 피해야겠다는 생각만으로 호수로 첨벙 다이빙하듯 들어갔다. 아뿔싸! 난 수영할 줄도 모르고 물에 떠 본 적도 없었다. 그렇게 나는 호수로 깊게 가라앉고 있다. 갑자기 푸르스

름했던 호수가 새까만 검둥개처럼 보일 정도로 까매졌
다. 모든 게 어둡기만 했다. 저 멀리 어슴푸레한 빛이 보
였다. 호수 끝 땅에 아빠 모습이 언뜻 보였다 안 보였다.
호수 표면에 내 얼굴이 들어갔다가 나오기를 반복했다.
이내 곧 내 두 손만이 바삐 허우적대다 멈췄다. 그런 나
를 보던 아빠는 돌아서서 나를 등지고 저벅저벅 걸어간
다. 자다가 소스라치게 놀라 깼더니 꿈이었다.

　내 편이라고 믿었던 아빠는 손을 내밀 때마다 나를 외
면했다. 살아가며 도움이 필요해 손을 내밀 때마다 결
국 잡아주지 않았다. 여럿을 패로 갈랐을 때 그 하나를
편이라고 하는데 과연 내 편은 있었을까? 살아오면서
내 편이라고 믿은 적은 불행하게도 없다. 어릴 때는 아
빠가 내 편이라고 생각했다. 마치 방어막처럼 나를 든
든하게 막아주는 내 편이 있다고 생각했다. 그게 아빠
라고. 하지만 아빠는 철저하게 엄마 편이었다.

　혼인하여 여자 짝이 되어 사는 남자를 남편이라고 하
는데 흔히 남의 편이라 남편이라고 한다. 그 말을 들으
니 절로 고개가 끄덕여진다. 남편 또한 내 편은 아니었

다. 내 방어막은커녕 다른 여자 편이었다. 오히려 나를 시궁창으로 빠뜨리고 꾹꾹 밟아댔다. 온몸에 시궁창 냄새가 진동해 거기서 나오지도 못하게 맨홀 뚜껑까지 야무지게 닫고 가는 남편이었다.

살아보니 내 편은 없었다.

'내가 손 내밀면 왜 외면할까?'

야속하기만 했다. 부모나 남편이나 똑같이 남의 편이었다. 그러다 내 속에서 꿈틀하며 누군가가 나에게 말을 건넸다.

'넌 왜 계속 다른 데서 네 편을 찾아? 바로 여기에 내가 있잖아.'

내 편인 누군가를 찾기만 했다. 그래서 내 방어막이 되어주길 바랐다. 신문을 읽다가 알았다. 누구도 뚫을 수 없는 내 방어막은 다른 누가 해 주는 게 아니라 바로 나라는 걸. 돌고 돌아 깨달았다. 내 편은 바로 나라는 걸.

지긋지긋한 팔자타령

'네 팔자가 그래.'

어릴 때부터 내 주위 어른들이 자주 말했다. 친엄마 팔자는 결국 남편이 바람나는 거고 딸인 나는 딸이라서 그 팔자를 닮는다고. 엄마 팔자 닮는 게 딸이라며 어른들은 늘 그 이야기를 내 앞에서 늘어놓았다. 들을 때마다 절대 딸은 낳지 않고 아들을 낳고 싶다고 했다. 딸은 엄마 팔자를 닮는다는 게 정말일까? 아니면 사주의 간지가 되는 여덟 글자인 사주팔자, 즉 타고난 운수 때문일까? 내 남편은 결국 바람이 났다. 시어머니 또한 바람난 아들을 두고 나에게 말했다.

"너랑 아비가 결혼하기 전에 궁합을 봤는데 네 팔자가 그렇대."

네 팔자가 그렇다며 마치 내가 잘못한 것처럼 말할 때마다 죄인이 된 것만 같았다. 마치 내 팔자가 지랄 같아서 바람나지 않을 사람이 바람났다는 건가? 나를 만나지 않았으면 아들이 바람나지 않았을 수도 있다는 건가? 결국 자기 아들 말고 다른 남자를 만났어도 나는 똑같이 이혼할 거라고 했다. 모든 잘못이 나에게 화살촉이 되어 향하게 만드는 마법의 단어가 팔자다. 그래서 난 팔자라는 말이 싫다. 나중에 만난 친엄마는 자기 팔자 닮아 내가 그렇게 된 거라며 자책했다. 그놈의 사주 팔자라는 말이 지긋지긋했다. 정말 팔자는 정해져 있는 걸까? 팔자대로 살지 않기 위해 발버둥 쳐도 결국 정해진 인생이 있는 걸까? 인생이 정해져 있다면 노력하며 살 이유가 없지 않을까? 팔자 따위는 정해지지 않고 결국 바뀔 수도 있다고 생각했다. 팔자라는 말 운운하며 자꾸 꽉꽉 날 누르는 주변 어른들한테 외치고 싶었다. 아주 작은 물줄기의 흐름을 바꿔서 내 팔자 바꿀 거라고. 이제 제발 그놈의 팔자타령은 집어치우라고.

평생 최저 임금

생애 첫 아르바이트로 햄버거와 치킨을 파는 곳에서 일했다. 바야흐로 2000년이었다. 검은 지팡이를 들고 흰 수염 가득한 할아버지가 설립한 그곳에서 나는 시급 1,750원을 받았다. 근무할 때 제공되는 치킨이나 햄버거가 무척 맛났다. 아주 좁은 직원 휴게실에서 먹을 때면 마치 나에게는 근사한 레스토랑에서 마음 편히 먹는 외식 같았다. 시급은 적게 주었지만 식사로 주는 치킨이 맛있었다. 특히나 그 공간이 마음 편했다.

전문대를 졸업하고 받은 첫 직장 급여는 한 달 기준 50만 원 정도였다. 그 당시 최저 임금 기준을 딱 맞춘 급여였는데도 불구하고 출근 하루 만에 그만둬서 급여는 타지도 못했다. 꽃다운 20대 나이에 동생들을 집에서 보육하라며 엄마가 나를 주저앉혔다. 그럼에도 집에서 나가 돈을 벌고 싶었다. 아빠에게 부탁해 엄마를 설득했다. 가까스로 커피전문점에서 일할 수 있었다. 그곳에서 '벼리'라는 이름으로 커피를 만들었다. 내가 일하는 커피전문점에서는 모두가 평등하다는 의미로 서로 닉네임을 불렀다. 비록 최저 임금을 받았을지라도 나는 찬란한 미래를 꿈꾸었다. 스스로 빛을 내며 반짝반짝 빛나는 별이 되고 싶은 마음에 벼리라고 이름 지었다. 누군가 내 이름을 불러만 줘도 자존감이 새싹처럼 돋아났다. 초록색 앞치마를 입고 음료 만드는 날들이 좋았다. 내 마음도 초록이 한가득 호로록 찾아왔다. 일은 고되었지만 벼리라는 이름으로 불리며 정직원이 되는 모습을 상상하며 하루하루를 지냈다. 커피를 마실 줄도 몰랐던 나는 원두 공부도 하기 시작했다. 처음 에스프레소를 마시며 호로록 입속으로 들어온 원액을 마주하자마자 얼굴이 심하게 구겨졌다.

'퉤, 퉤. 아이고, 쓰다 써.'

손에 들고 있던 조그만 에스프레소 잔을 얼른 내려놓으며 혓바닥을 쏙 내밀어 손으로 허공을 휘휘 가로 저었다. 바람이라도 불면 혓바닥에 내려앉은 쓰디씀이 어디론가 날아갈 것만 같았다. 그 상황이 웃겨 피식 웃음도 새어 나왔다. 초록 가득한 푸르름과 싱그러움이 느껴지던 순간이었다.

시급은 매년 조금씩 올라 20대 초반 2,000원도 안 되던 게 아이를 낳은 엄마가 되었을 땐 5,000원을 넘어섰다. 급여로 따지면 한 달 꼬박 일해서 벌면 100여만 원 정도였다. 아이와 함께 둘만 사는 우리 집 경제 상황으로는 감당하기 어려웠다. 정부에서 지원해 준 집 대출금 이자에 식비, 공과금 등을 내며 살기 버거웠다. 그나마 꼬박꼬박은 아니었지만 아이 아빠가 간간이 보내 준 양육비로 버티며 숨통이 트였다. 돌이켜보니 나는 줄곧 최저 임금을 받았다. 나이가 들어가니 주변에선 투자하기도 하고 집을 사기도 했다. 종잣돈이란 걸 마련해서 조금씩 살림을 늘려가는 게 느껴졌다. 하지만 나는 여전히 최저 임금을 받으며 종잣돈은커녕 한 달 벌어 한 달 먹고 살 수 있는 한 달 살이다. 요새 최저 시급은 오르고 올라 만원을 넘겼다. 내 최저 임금은 올라갔지만 요즘 물가는 더 올랐다. 한 달 살이 하며 살아보니 다람쥐 쳇바퀴 돌아가듯 매달 같다. 어디가 아파 일이라도 못 하게 되면 큰일이다. 잘난 게 없던 나는 평생 최저 임금이라도 받으며 살아가는 게 당연하다고 생각했다. 하지만 지금은 다르다. 평생 최저 임금 받고 살라고 누가 정해놓았나? 없다. 내가 정해놓은 틀을 깨뜨리자. 내가 성장하면 그만큼 나는 더 벌 수 있다. 성장한 나에게 찾아온다. 분명히 그런 날이 반드시 올 거라고 믿는다.

나는 NIE 전문가

　평생 최저 임금에서 벗어나고 싶었다. 마흔을 넘자마자 오십은 턱 밑까지 불쑥 빠르게 찾아오고 있다. 선인장도 저세상으로 보내곤 했던 나였는데 이제 식물이 좋아지고 꽃 사진을 찍기 시작했다. 점점 나이 들어가고 있었다. 종이신문을 만나고 보니 그걸 통해 자아실현을 하고 전문가가 되고 싶었다. 성장한 내가 되길 바랐다. 그러던 차에 신문활용교육 지도사라는 과정이 눈에 들어왔다. 이거다 싶었다. 자아를 실현하고 최저 임금에서 벗어날 발판으로 삼기 안성맞춤이었다. 내 성장을 위해 나는 NIE(Newspaper In Education)를 만났다.

　어린이신문을 발행하는 곳에서 주최한 NIE 지도사 과정을 이미 들었지만 뭔가 부족했다. 더 알고 싶어서 행복교육문화센터에서 진행하는 행복한 NIE 2급 지도사

를 신청했다. 젬마 선생님 추천으로 NIE 전문가 김향란
선생님을 만날 수 있었다. 두 달 동안 진행된 2급 지도
사 과정은 나를 매번 설레게 했다. 배움이 이렇게나 재
미있는지 예전에는 미처 몰랐다. 신문에 대해 알아가다
보니 신문 속 모든 자료가 배움 그 자체였다. 표제, 사
진, 광고, 운세표 그리고 만화 등 신문 속에는 보물들이
차고도 흘러넘쳤다. 배우고 매주 과제를 제출하며 끊임
없이 성장했다. 2급을 취득한 후 일 년이라는 시간이 지
나면 1급을 도전할 수 있다. 처음에는 곧바로 배우지 못
해 아쉬웠으나 생각해 보니 일 년이라는 시간 동안 치
열하게 신문 활용 교육에 대해 연구하고 실천해 보라는
의미였음을 깨달았다. 행복한 NIE 1급 지도사 과정은 4
개월 과정이다. 보다 심층적으로 NIE에 대해 알아가는
시간을 갖는다. 초등학교 1~6학년 국어 교과서를 분석
하는 과정을 통해 신문교육을 어떻게 접목하고 활용할
수 있을지 연구하는 시간이 무엇보다 기억에 가장 남는
다. 배우는 내내 흥이 나서인지 스펀지처럼 쭉쭉 NIE를
빨아들였다. 한국 NIE 협회에서 주관하는 NIE 지도사
자격증까지 취득해 민간 자격증이지만 세 곳에서 자격
증을 땄다. 배움에는 끝이 없다고 생각한다. 지금도 나

는 여전히 배우고 있다. 어릴 땐 배움이라는 세상에서 진정한 탐험을 하지 않았다. 하지만 지금은 미지의 신대륙을 발견한 콜럼버스처럼 신문에서 나와 세상을 발견한다. 결국 신문이 나를 전문가로 만들고 최저 시급에서 벗어나게 해 주었다. 종이신문이 나를 NIE 전문가로 탄생시켰다.

전파하는 삶을 향해

이제 곧 행복한 NIE 2급 지도사 양성 과정 중 세 번째 시간인 사진 활용 수업이 시작된다. 이번 수업 시간에는 신문 속 사진을 활용할 수 있는 다양한 활동을 알려준다. 줌 화면 속에 내가 보인다. 빳빳한 흰색 셔츠를 입고 곧게 뻗은 허리는 자신감으로 충만했다. 오랜만에 분칠한 얼굴이 유독 낯설게 느껴진다. 그것만이 아니라 낯선 모습이 또 있다. 수업을 듣는 수강생이 아니라 컴퓨터 화면 속 나는 NIE 강사로 존재했다. 줌 공유 버튼을 눌러 준비한 수업 자료를 화면에 띄웠다. 하나하나 만들며 넣고 빼며 수정을 반복했던 애정이 듬뿍 담긴 자료였다. 이윽고 수강생들이 줌으로 접속해 들어왔다. 수없이 연습했던 첫 인사말을 건네는 순간 내 심장 소리가 화면을 뚫고 들어갈 것만 같았다. BPM 170 이상은 된 것 같았다. 기분 좋은 떨림이 몸 구석구석 파고들며 구김 없는 내 첫걸음은 그렇게 시작되었다.

오랜 시간 극기와 인내로 만난 NIE였다. 힘들 때도 나는 도망치지 않고 하루하루를 살아냈다. 지난한 날들의 연속이었다. 종이신문을 만나고 나서도 서두르지 않고 나만의 속도로 함께 했다. 매일 먹고 자고 싸는 일상의 초석처럼 신문을 마주하며 지냈다. 한참의 세월이 흐른 뒤 나를 있는 힘껏 안아주었더니 비로소 바닥을 딛고 일어설 수 있었다. 더 나은 나를 꿈꾸며 살아있음을 감사했다. NIE를 배우다 보니 자연스럽게 혼자만 알기엔 아쉬웠다. 힘든 상황에서 신문을 통해 일어선 내 이야기를 전하고 널리 퍼뜨려 전파하고 싶었다. 함께하고 싶었다.

좋은 건 함께 나누고 싶은 게 인간 본성이다. AI 기술이 발전하고 급속도로 변하는 사회에 살더라도 변하지 않는 건 분명 존재한다. 인간은 누구나 행복해지고 싶어 하고 행복한 삶을 추구한다. 하지만 아무리 많이 가져도 행복은 넘치지 않는다. 물질적인 행복에 끝이 없어서인지도 모른다. 결국 행복이란 타인과의 관계 속에서 나누는 나눔으로 느낄지도 모른다. 사람 인(人)자는 서로 기대고 있다. 사람이기에 좋은 건 함께 보듬어 주며 나눌 수 있어야 한다. 나 또한 손끝으로 신문 읽기 (신문 필사) 모임을 하며 삶의 의미와 가치를 찾고 있다. 더 나은 삶을 꿈꾸며 의미와 가치를 나누는 사람으로 함께 성장하고 싶다.

4부

함께 쓰는 신문 일기

처음 만난 신문

아이가 초등학교 1학년 때 종이 신문을 처음 만났다. 책 육아로 도서관에 들락거리던 아들이 도서관 한쪽에 비치된 어린이신문을 가리키며 읽고 싶다고 말한 순간부터였다. 신문은 대출되지 않고 도서관 내에서만 볼 수 있었다. 책을 곧잘 보던 아이여서인지 얇은 신문지도 넘기며 잘 봤다. 반면 나도 신문을 읽으려고 손을 댄 순간 신문 밑 부분이 '찍' 소리가 나며 살짝 찢어졌다. 손으로 뒤통수를 살짝 긁으며 아들을 쳐다보자 그런 나를 보며 아들은 어색한 미소를 지어 보았다. 그동안 한 장 한 장 도톰한 그림책들만 읽어서였을까? 너무 얇은 신문지는 나에겐 손대면 부서질 것 같은 잘 말려놓은 생화 같았다.

도서관에서 만난 신문을 집에서도 보고 싶다는 아이를 위해 신문 구독을 시작했다. 신문사에서는 어린이신문만은 힘들고 어른신문과 함께 구독하면 배달하겠다고 했다. 그렇게 나는 종이 신문을 만났다. 아이가 보고 싶은 어린이신문에 함께 오는 어른신문으로. 나에겐 어른신문이 별책부록 같았다. 신문을 읽다 보면 우리 아이에게 배경지식이 쌓여 도움이 될 거라고 생각했다. 더군다나 아이가 신문을 읽겠다며 구독을 요청했다. 스스로 원해서 읽기 시작한 신문을 아이는 매일매일 읽었다. 정작 문제는 나였다. 마음이 힘들고 팍팍하기만 했던 나는 활자를 보기 힘들었다. 아이가 어릴 땐 짧은 글과 그림으로 이루어진 그림책을 많이 읽어주었다. 부담이 없어서 매일 아이와 함께 읽었다. 하지만 신문은 달랐다. 작디작은 글씨들이 빼곡해 숨이 턱턱 막혔다. 나에겐 별책부록으로 받은 어른신문이 점차 쌓여만 갔다. 쌓인 신문 더미를 보니 내 마음에 무거운 벽돌이 턱턱 쌓이는 기분이었다. 그 벽돌들을 보고 있노라니 커다란 부채감마저 들었다. 게다가 꾸준히 읽고 있는 아이를 바라보고 있자니 엄마인 나는 자괴감마저 들었다.

쌓인 벽돌 같은 부채감인 신문을 떨쳐내 버리고 싶어 정면 돌파해 보았다. 즐기는 것까진 어려울지라도 까짓거 나도 읽어 보려고 종이 신문을 펼쳤다. 깨알 같은 글씨를 보자마자 숨이 턱 막히고 작은 글씨를 계속 들여다보니 뱅글뱅글 머리까지 도는 것만 같았다. 그림책은 볼 수 있던 나였으니 그림은 가능하지 않을까? 신문에는 사진과 광고가 많았다. 그렇게 신문 속 사진을 처음으로 읽기 시작했다. 얇은 신문지를 넘기며 그림만 봤다. 마치 글 모르는 어린아이가 그림책을 보는 것처럼. 우선은 그림만 보자고 마음을 비우니 머릿속이 한결 가벼워졌다. 그렇게 신문을 읽기 시작했다. 아니, 보기 시작했다. 긴 글을 읽기는 어려울 정도로 마음이 피폐했다. 신문 속 사진을 벗어나 글을 읽기까지는 꽤 오랜 시간이 걸렸다. 어디선가 벽돌이 하나씩 떨어지는 소리가 들렸다.

사라진 벽

  2020년, 코로나19 팬데믹으로 인해 우리네 일상은 무너졌다. 대한민국뿐만 아니라 세계 전체가 일시 정지했던 때였다. 온 세계는 우왕좌왕했고 코로나는 우리 모두에게 깊숙이 다가왔다. 아이는 학교도 가지 못하고 모두가 혼란스러웠다. 그때 나는 팬데믹만이 아니라 내 마음마저 혼란스러웠다. 마음의 실 가닥들이 온통 얽혀 있어 한 올 한 올 풀어낼 엄두조차 나지 않았다. 아이 아빠로 인해 버거운 정도를 넘어 내 삶에서 뒷걸음질만 쳤다. 보이지도 않는 곳으로 도망가고 있었다. 설상가상, 코로나로 인해 가족이 온종일 함께 있던 시기를 겪으며 결국 나만의 모퉁이, 나만의 구석으로 나는 내몰렸다.

좋지도 싫지도 않다. 기쁘지도 슬프지도 않은 무표정인 채로 산다. 감정이 머무를 미세한 틈마저 없던 나를 모든 감정은 그저 스쳐 지나쳤다. 그런 내 무표정을 마스크가 감싸 주어 눈만 내보이며 지내던 날이 얼마나 흘러갔을까? 하나씩 떨어졌던 벽돌이 다시 거대한 벽이 되었을 때 살며시 그 벽에 기댔다. 어김없이 오늘도 문 앞에 놓인 신문을 말없이 집어 들었다. 아슴아슴 더 듬어가며 종이 신문을 펼쳐 읽기 시작하려니 빠진 게 있었다. 서둘러 따뜻한 라테를 준비하고 앉으니 커피 향기가 코에 닿았다. 마음이 한결 편안해졌다. 커피 향을 맡으며 종이신문 끝 감촉을 손끝으로 느껴보았다. 오랜만에 만난 신문 활자들이 만들어 내는 검은 선들이 이리저리 출렁였다. 작은 글자는 여전히 나에겐 무리였다. 제목과 사진을 번갈아 쳐다봤다. 사진에는 마스크를 쓴 누군가 울고 있었다. 코로나에 걸려 사랑하는 사람을 잃었는데 전염병으로 인해 만나지도 못하게 했다는 걸 제목을 통해 알 수 있었다. 만약 내가 저 사람이라면? 내 아들이 코로나에 걸려 죽었는데 그 시신조차 볼 수 없다면? 서로 격리된 채 있어야 한다면? 나도 모르는 사이 눈물이 흘렀다. 사진 밑에 있는 짧은 글을 읽다가 몰입했다. 오롯이 공감했다. 감정이라고는 느끼지도 못하고 지나쳤던 숱한 날들이었다. 쌓인 신문이 벽돌이 되어 나에게 거대한 벽이 되었다. 하지만 사진을 보며 눈물 흘린 순간 거대한 벽이 투명해지더니 이내 곧 사라져 버렸다. 마스크를 쓴 사람 마음과 맞닿은 순간 나는 감각이 되살아나며 감정이 틈을 파고들어 왔음을 느꼈다. 마지막 신문 페이지를 넘기며 한결 가벼워졌다. 얽힌 마음의 실 가닥들을 꼭 풀어내야 한다는 생각도 버렸다. 이제 더 이상 나에게 골칫덩이로 느껴지지 않고 솜뭉치처럼 포근하게 느껴졌다. 사라진 벽이 있던 곳을 바라보니 포근한 솜뭉치만이 남겨져 있었다.

엄마와 아들이 함께 쓰는 〈신문 일기〉

세 살 아들의 손을 간호사가 잡고 이리저리 눈으로 살핀다.

"아이 제대로 잘 안아주세요."

아이가 움직이지 않도록 꽉 끌어안고 제발 이번만큼은 성공하기를 바라며 시선을 다른 곳으로 향한다. 뾰족한 바늘이 닿았는지 아이가 파닥거리며 더욱 쩌렁하게 울어댄다. 아이를 안은 내 팔에 힘이 더욱 들어간다. 아들 손을 쳐다보니 이번에도 실패였다. 벌써 다섯 번째 바늘을 넣다가 혈관을 찾지 못해 뺐다. 자지러지는 아이 울음소리를 들으며 나 또한 울었다.

우리 아들은 돌 지나서까지 모유를 먹었다. 빈약한 가슴이었지만 모유가 펑펑 쏟아졌다. 덕분에 아이 먹는 건 해결이었다. 모유가 잘 나와 다행이었다. 아이를 낳

156

고 나니 정부에서 매달 돈을 주었는데 그걸로 아이 기저귀만 해결하면 되었다. 모유에 있는 당분은 상당량의 면역 물질을 함유하고 있어 모유 먹은 아이는 소화기, 호흡기 감염에 잘 걸리지 않는다. 모유는 최고의 영양소이고 장 내막을 보호해 주기 때문에 변비, 설사, 구토를 잘 일으키지 않는다. 모유의 장점은 이것 말고도 많았다. 건강하게 크길 바라며 아이가 클 때까지 완모했다. 그러나 모유를 먹고 자란 아들은 장점들을 요리조리 비껴갔다. 돌 전에만 3번이나 입원했는데 이유는 제각각 달랐다. 설사가 심해서 탈수 증세를 보이기도 했고 모세기관지염, 고열 등으로 병원을 찾았다. 태어난지 한 달도 안 되었을 때부터 가슴앓이를 시작한 엄마가 먹인 모유는 영양분 없이 무늬만 모유였나보다. 아이에게 모유를 먹여야 하니 억지로 대충 한 술 떴던 끼니들이 떠올랐다. 내가 영양 가득한 식사를 잘 챙기지 않고 먹인 모유가 아이를 아프게 한 건 아니었을까?

지나고 보니 모유 수유를 한다고 해서 다 건강한 게 아니다. 모유도 영양가 있는 모유여야만 한다. 비단 모유 수유만이 아니다. 그로부터 10년이라는 시간이 흐른 지금도 마찬가지다. 우리 둘에게는 영양가 있는 시간이 있어야 한다. 갱년기에 접어든 나와 사춘기에 접어든 우리 아들에게 영양 가득한 시간이 주어져야 한다. 우리 마음에 영양분을 주어야만 한다. 서로 너무 가깝지도 멀지도 않은 적당한 거리를 두며 마음을 충전할 수 있는 게 무엇이 있을까?

그때 신문이 떠올랐다. 아침마다 나와 아들은 각자의 신문을 보다 공유한다. 또한 주말에 각자 신문을 활용해 일기를 쓴다. 마치 교환 일기처럼 서로 쓴 일기를 바꿔서 읽는다.

'엄마는 이런 생각을 하고 있구나.'

'우리 아들은 이걸 좋아하는구나.'

신문을 통해 서로를 들여다본다. 우리는 각자에게 영양분을 듬뿍 줄 수 있는 신문으로 일기 쓰기를 꼭 한다. 몸도 마음도 건강하게 살며 우리의 인생이 영양가 가득하길 바라는 마음으로.

<벼리와 아들의 신문 일기>

How to 신문 읽기

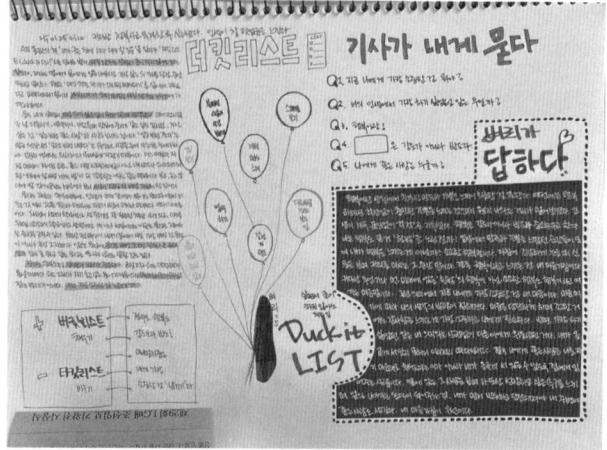

　조선일보 백영옥의 말과 글 코너에 나온 '더킷리스트' 칼럼으로 25년 1월 25일 신문에 나온다. 죽기 전에 꼭 해 보고 싶은 일을 뜻하는 버킷리스트는 채우기다. 버킷리스트를 쓰다 보면 이것저것 하고 싶은 게 많아지기 마련이다. 하지만 나중에 자신이 쓴 버킷리스트를 들여다보면 이루지 못한 것들이 너무 많다. 수지 홉킨스의 책 <내가 죽은 뒤에 네가 해야 할 일들>을 읽다가 백영옥 작가는 생각했다. 살면서 가장 하기 싫은 일은 뭘까에 대해서 말이다. 나 또한 생각해 보니 다른 사람 눈치 보기, 의미 없이 스마트폰 보기, 불편한 사람과 시간 보내기 그리고 겨드랑이 털 면도하기다. 가장 하기 싫은 걸 떠올려보니 생각보다 안 많았다. 더킷리스트는 살면서 굳이 하지 않아도 되는 일을 말하는데 바로 비우기다. 백영옥 작가는 언제나 쓰던 버킷리스트 말고 더킷리스트를 써 보자고 말한다. 신문을 읽다가 떠오르는 질문도 좋고 뭐든 다 좋다. 또한 신문에서 소개한 책도 읽어보고 질문하기도 한다. 신문 일기를 쓰다보니 나에 대해 잘 알게 되었다. 읽고 끝나는 게 아니라 나와 연결해 생각하니 더 또렷하게 나를 알 수 있었다.

<How to 신문 일기 쓰기>

① 장보기 :

신문 일기 쓸 준비하기 (일기장, 신문, 색깔 펜 등 준비하기)

② 재료 다듬기 :

신문 속에서 마음에 와닿은 자료 찾기. 신문 출처 적기

③ 요리하기 :

신문 자료를 읽고 내용을 정확하게 이해하는 활동

④ 플레이팅 후 맛보기 :

신문을 통해 앎과 내 삶이 연결되는 활동

꿰맨 상처보다 더 깊은 상처

　얼굴에 꿰맨 자국이 덕지덕지 있는데 바로 중학생 때 생긴 흉터다. 차가운 빙판, 숨을 내쉬는 구멍에선 허연 연기가 나온다. 여기저기서 스케이트 날이 얼음을 가로지르는 소리가 들려온다. 그 소리가 너도 할 수 있다며 나를 북돋아 주었다. 커다란 타원을 그리며 속도를 올려 본다. 귓가에 스치듯 지나가는 바람이 마치 나를 자유롭게 날아가는 한 마리 새가 되게 해 준다.

　"여자애니까 하지 마."

　"이건 동생들한테 양보해야지."

　내가 하는 모든 걸 통제하려는 엄마 말 따위는 안 들린다. 훨훨 날아올라 위에서 밑을 내려다보니 가슴이 뻥 뚫린 양 시원하다. 작은 콧구멍으로 숨 쉬지 않고 피부 구멍 하나하나가 숨 쉬는 것만 같다. 자유롭게 날던 나는 더 높이 올라가기 위해 속도를 점점 높였다. 뺨에 부딪히는 바람이 더욱 거세진다.

그때였다. 평평한 빙판 속 작은 홈에 걸려 자유롭게 날던 나는 그만 추락했다. 조그맣게 파인 빙판 홈에 스케이트 날이 걸려 넘어지며 내 턱과 바닥이 닿았다. 순간 얼얼하며 뭔가 쫙 벌어졌다. 순식간에 하얀 빙판 위는 빨간 점들로 가득 찼고 그건 마치 빨간 지도 같았다. 그려진 지도를 확인할 새도 없이 안전요원이 나타나 나를 데리고 링크장에서 빠져나왔다. 빨간 이동 경로를 그리면서. 마치 인류가 아프리카 대륙에서 아시아를 찍고 아메리카로 넘어가듯이. 내 무게 그대로 실린 채 몸이 공중에 떴다가 바닥에 부딪힌 턱은 쫙 찢어졌다. 덕분에 병원에 가서 턱을 여러 바늘 꿰맸다.

눈에 보이는 상처는 빠르게 소독하고 치료한다. 상태에 따라 그냥 놔둘 수도 있고 적절하게 치료하면 된다. 하지만 마음에 입은 상처는 쉽게 눈에 띄지 않는다. 조그만 상처에도 우리 몸은 반응을 보이기 마련이지만 마음속 생채기는 알아차리기 힘들다. 곪디 곪다가 터지기 일보 직전인 여드름을 손으로 톡 건드리면 누런 속살을 톡 까뒤집는 것처럼 터뜨리면 다행인데 대부분 마음속 생채기는 잘 모른다. 사십 년을 흘려보내며 내 마음이 다친 줄도, 어떻게 아픈지도 몰랐다. 상처 난 줄도 몰랐는데 적절한 치료 했을 리 만무했다. 가장 가까운 관계인 가족에게서 많은 일을 겪었다. 그러면서 나는 나 자신을 잃었다. 어느덧 오십이 되어가며 비로소 마음속 상처를 발견하고 알게 되었다. 그런 나에게 상처를 외면하지 않고 바라보는 과정이 필요했다. 그러기 위해서 제일 중요한 건 바로 나에 대해 알고 이해하는 거라고 생각했다. 그래야만 나를 사랑하고 보듬어주는 첫걸음이 되기 때문이다. 우리는 제각각 다른 아픔과 상처를 갖고 있다. 그 상처를 인정하고 받아들이지 않고 살면 결국 그 아픔에 매몰된다. 아픔과 상처를 인정하고 받아들이다 보면 내 가치관 형성과 삶을 살아가고자 하는 목표를 명확히 할 수 있다. 나를 제대로 알지 못하면 그 자체가 행하기 어렵다. 내 삶을 더욱 의미 있고 가치 있게 만들기 위해서 필요하다. 100세 시대를 살아가는 요즘, 이제부터라도 나를 알아가련다. 남은 내 인생을 행복하고 충실하게 살아가기 위한 필수 요소기 때문이다. 아픔과 상처를 피하지 않고 바라보며 지도 없는 여정의 첫걸음을 내디뎠다.

열정

　내가 다닌 여고는 연세대학교 정문에서 신촌역까지 양쪽으로 길게 늘어선 벚꽃 길과 같았다. 봄이 되면 학교 정문부터 본관 건물까지 있던 나무에선 벚꽃이 흩날렸다. 벚꽃이 만개한 길을 따라 끝까지 걷다 보면 본관이다. 본관 왼편에는 인근 다른 학교 애들이 부러워하던 체육관이 있다. 그 체육관 지하에는 누구나 좋아하던 매점이 있고 낮은 계단 여러 개 밟고 올라가면 체육관에 들어갈 수 있는데 그곳에선 내가 좋아하는 농구를 언제나 할 수 있었다. 야간자율학습을 시작하기 전에 짬을 내서 체육관으로 향했다. 활짝 열린 문 사이로 강당 조명이 쏟아져나온다.

　'천국이 있다면 마치 저렇게 빛날까?'

　강당 전체를 비추는 조명이 따스하게 느껴졌다. 은은하고 노란 불빛이 얼른 오라고 나를 불러 댔다. 저 멀리서 체육관 바닥에서 농구공 튀어 오르는 소리가 들려온다.

"쿵, 쿵"

소리는 분명 멀리서 나는데 바로 내 귀에 내리꽂힌다. 농구공과 더불어 내 심장도 덩달아 튀어 오른다. 코트 바닥과 운동화의 마찰음 소리도 들려온다.

"삑, 삑!"

나에게는 세상에서 제일 아름다운 음악처럼 들린다. 따스한 빛을 내뿜으며 아름다운 소리를 연주하는 체육관을 들어서면서 난 무아지경에 빠졌다. 농구라는 단어만 떠올려도 심장이 반응했다.

인생을 살면서 열정을 느낀 적 있나요? 생각과 동시에 벅차올라 심장이 뛴 경험은요? 어떤 일에 열렬한 애정을 가지고 열중하는 마음인 열정을 나는 느꼈다. 힘든 시간을 보낼 때 열정 가득한 추억을 곱씹으며 버틸 수 있었다. 나를 살게 하고 삶을 살아갈 원동력을 느끼게 해 주었다. 내 젊은 날에 농구는 내 전부였다. 농구에 나는 온 열정을 쏟아부었다.

남녀공학인 중학교 다닐 때부터 농구를 좋아했다. 하지만 학교 운동장에서 농구하는 건 힘들었다. 남자애들로만 구성된 개미 떼가 점심시간이 되면 링 하나에 무더기로 모였다. 서로 공을 던져대니 슛을 던지기도 쉽지 않았다. 여기저기 날아다니는 농구공이 무섭지도 않은지 웬 나비 한 마리가 있다. 짜증 나는데 비키라는 말은 못 한 채 서 있는 남자애들 틈에서 나는 나비처럼 날아 농구를 연습했다. 낮에는 농구하고 밤에는 일하러 가신 부모님이 없는 틈을 타 NBA 농구 경기를 보곤 했다. 내가 사랑하는 시카고 불스팀 경기를 보며 나는 농구에 더욱 빠져들었다. 마이클 조던, 스카티 피펜 그리고 데니스 로드맨은 난공불락이었고 나에겐 영웅이었다. 나만의 삼각편대였다. 그러던 차에 여고에 입학한 나는 나처럼 농구를 좋아하는 친구를 운명적으로 만나 농구동아리를 만들었다. 모르는 사이에 조금씩 조금씩 젖어 들어 마침내 농구를 완성한다는 명목으로 시나브로라고 명명하고 우리는 뭉쳤다. 0교시 전 등교해서 연습하고 쉬는 시간이나 점심시간 심지어 야간자율학습 시간 전에도 열심히 연습했다. 우리가 사랑하는 농구를 더 알리고 싶어 2학년이 되었을 땐 후배를 모집했다. 우리의 농구 사랑은 학교 선생님들에게도 인정받을 정도였다. 실력을 쌓아서 길거리 농구대회에도 출전해서 체육 전공이 아닌데도 불구하고 여자부에서 순위 안에 들었다. 그렇게 농구에 대한 내 열정은 방점을 찍었다. 살면서 이렇게 열정을 쏟아부었던 경험이 나를 아름답고 반짝거리게 했다. 무언가에 대한 열렬한 애정을 갖고 온 힘을 다해 본 경험의 유무는 중요하다. 인생을 살며 힘들 때 꺼내어 들 수 있는 치트키가 나에겐 농구였다.

우리의 첫 만남

태어나 처음 느껴본 아픔이었다. 허리 위로 KTX가 지나가 고스란히 흔적을 남겼다. 척추 하나하나에 통증을 꽉꽉 집어넣고 그렇게 떠났다. 내 척추가 마치 기찻길 선로인데 그 선로 하나하나가 뒤틀려진 것만 같았다. 어긋나버린 선로 위로 기어코 기차가 지나갔고 고통은 형언할 수 없었다. 공포감마저 느껴지던 통증이 절정에 달한 순간! 우리에게 찾아와 준 소중한 존재인 우리 아이 울음소리가 들렸다. 어느새 엄마와 분리된 아가를 간호사가 안겨 주었다. 찰나의 그 순간을 기억하고 싶어 사진을 찍어달라고 부탁드렸다. 그 덕분에 첫 만남을 추억할 수 있는데 지금 생각해도 참 잘한 일이다.

"응애! 응애. 응애응애. 응애!"
우렁찬 아기 울음소리가 메아리치듯 끊임없이 들린

다. 까맣고 쭈글쭈글한 얼굴로 연신 울기만 했다. 아가를 처음 품에 안은 느낌은 생경했다. 우리 아들을 처음 품에 안았을 때 그 누구보다 나는 행복했다. 나를 찾아와 준 작은 존재를 위해 최선을 다하고 싶었다. 간절히 원했던 우리 아이가 커다란 세상을 만난 순간, 그곳에 나는 있었다. 아들과 나의 첫 만남은 큰 의미로 다가왔다. 열차가 허리로 지나가서 표현조차 못 할 고통이었지만 6시간도 채 진통하지 않았던 것도 고마웠다. 건강하게 찾아와 준 아들이기에 더 감사했다. 마침내 우리는 그렇게 만났다. 내 인생에서 제일 잘한 일은 단연코 우리 아들을 만난 일이다. 우리 가족이 처음 만나 사진을 찍을 땐 산산조각 날 줄 꿈에도 몰랐다. 그래도 작고 작은 존재가 있어서 끝도 없던 긴 터널을 지날 수 있었다. 우리 아들이 나를 끌어안아 주었기에 삶을 살아왔고 살아갈 수 있다. 십 년이 넘는 세월 속에서 나를 안아 준 건 우리 아들이다. 우리 아들에게 고맙고 사랑하는 마음이 앞선다.

매일 너와 함께하는 시간

퇴근하자마자 어린이집으로 달려가 우리 아들을 데리고 온다. 집까지 걸어오며 서로 각자 오늘 있었던 일들을 말하며 종알종알 이야기 나눈다. 다섯 살이 되니 제법 이야기가 오고 가며 재미있다. 내가 조금이라도 늦게 데리러 가면 아이 얼굴이 어둡다. 그러면 아이 기분을 풀어주기 위해 아이 손을 잡고 들었다 올려대며 장난을 걸어 본다. 이내 곧 아이도 슬며시 웃으며 엄마 손을 꽉 잡는다. 집에 도착하자마자 각자 가방을 내려놓고 바로 아이 목욕을 시킨다. 목욕하기 직전 대부분 아이는 똥을 싸는데 어린이집에서 하루 종일 있어도 언제나 똥은 집에서 쌌다. 내가 조금이라도 늦으면 마려운 똥을 참고 있을까 봐 더욱 애가 타기도 한다. 그걸 알기에 늦지 않으려고 더 서둘러 퇴근한다. 씻고 난 후 로션을 발라주면 어김없이 까르르 웃으며 아이는 좋아한다.

아이 옷을 건네주면 스스로 아이가 옷을 입는데, 그때 나는 아주 짧은 샤워를 한다. 하루 종일 어린이집에 있던 아이가 배고프다며 난리다.

"엄마가 얼른 맛있는 저녁 해 줄게."

싱크대에서 두 걸음만 떼면 냉장고가 있는 좁은 주방이었다. 분주히 움직이며 식사 준비를 하고 있으면 우리 아들은 어린이집 가방에서 물통과 수저통을 꺼낸다. 조그맣고 동그란 하얀 의자를 들고 와 싱크대 앞에 놓고 딛고 올라선다. 그리곤 설거지통에 내려놓고 물을 뿌린다. 이내 곧 엄마가 펼쳐놓은 접이식 좌식 식탁에 능숙하게 숟가락과 젓가락을 놓기 시작하는 아이에게 나는 컵도 부탁한다고 말한다. 조그마한 고사리 같은 손으로 아이가 식사 준비를 할 때쯤 간단하게 차린 소박한 저녁 식사가 시작된다. 이야기하며 밥을 먹다 보면 밥알이 튀기도 하고 깔깔 웃다가 손으로 식탁을 내리쳐서 음식이 쏟아지기도 한다. 아이는 배고픔을 해소하는 시간이었겠지만 나는 달랐다. 헛헛한 마음이 채워지는 시간이 바로 그때였다. 밥을 먹고 나면 우리는 어김없이 책을 읽는다.

"오늘은 어떤 그림책을 읽을까요?"

표지가 위로 놓인 채 바닥에 펼쳐져 있는 그림책 중에서 아이는 공룡이 그려진 그림책을 가리킨다.

"역시 공룡 박사님이라 공룡이 제일 좋은가 보네요."

"그럼, 오늘은 이 책으로 시작합니다."

본인 마음에 드는 표지로 읽고 싶은 책을 고르는 아이였다. 앉아 있는 엄마에게 다가와 엉덩이부터 들이밀며 익숙하게 풀썩 앉는다. 품 안에 들어온 아이를 한 손으로 감싸안고 나머지 한 손으로는 그림책을 들고 표지 제목부터 읽기 시작한다. 퇴근 후 아이가 잠들기 전까지 우리가 함께할 수 있는 시간은 그리 길지 않았지만 우리는 함께 책을 읽었다. 엄마 품에 안겨 좋아하는 공룡과 이야기들을 마음껏 보고 듣는 그 시간을 우리 아들은 기다렸다. 나는 작고 작은 우리 아들을 품에 안으면 따뜻한 온기를 느낄 수 있어서 좋았다. 그렇게 우리는 서로가 기다리던 시간을 충분히 만끽하며 매일매일 한 시간 이상 서로 토닥이며 책을 읽었다.

하루 일을 끝내고 나면 나를 기다리는 누군가 있다. 퇴근 후 아이를 하원시켜 자기 전까지 함께하던 시간이 힘들고 버거울 때도 있었다. 무엇보다 반복되는 일상에 속절없이 무너지며 지쳐만 갔다. 모든 걸 혼자 감내해야 함이 과중했다. 힘들었어도 퇴근 후 아들과 함께하며 지낸 그 시간이 없었다면 그때를 살아내기 힘들었을지도 모른다. 오롯이 혼자 아이를 양육하며 가장으로 살아가는 게 힘들었지만 우리 아들과 함께하는 그 하루하루가 나를 버티게 해 주었다. 관계에서 상처만 받았던 나였지만, 아이와의 관계 속에서 다시 일어설 수 있었다. 흘러가는 하루가 불확실하기만 해 커다란 납덩이처럼 내 마음을 짓눌러 너무 무거웠다. 그렇지만 아이와 보내는 시간이 쌓여가며 나를 짓누를 커다랗던 납덩이가 조금씩 줄어들고 있었다. 몸은 힘들었지만 마음만은 조금씩 가벼워지고 있었다. 미래를 꿈꿀 수 있는 우리 아이의 하루하루를 응원하고 지지하고 싶었다. 납덩이가 짓눌러버린 엄마와는 별개로. 그렇게 우리는 매일매일 다른 내일을 꿈꾸면서 그림책을 읽었다. 서로의 온기를 느끼면서.

주말 데이트

월요일부터 금요일까지 아들은 어린이집으로 나는 직장으로 향하고 주말이면 어김없이 우리는 떠났다. 간단하게 아침 먹고 일주일 동안 읽었던 책을 주섬주섬 챙겨 도서관으로 향했다. 처음에는 그저 읽은 책을 반납하고 또 다른 책을 대출하기 위해서였지만 햇빛도 잘 안 들어오고 좁은 우리 집보다는 아이가 햇볕을 쬐고 넓은 공간에 있었으면 했다. 그런데 현실은 내 주머니 사정은 상관없이 어디든 나가기만 하면 돈이 들었다. 하지만 도서관은 우리가 몇 시간이나 있어도 괜찮았고 돈이 들지도 않았다. 더군다나 아이가 좋아하는 책도 마음껏 읽을 수 있다.

매번 가는 동네 도서관 말고 시립 도서관으로 향했다. 집과 거리가 있는 시립 도서관은 마치 나들이 가는 것 같았다. 오가는 길에 만나는 계절 속 변화도 좋았다. 봄이면 새하얀 목련과 쨍한 개나리, 여름이면 우거진 초록 이파리들, 가을이면 노란 은행나무, 겨울이면 앙상한 나뭇가지 위에 올라앉아 있는 흰 눈, 그 모든 게. 도착하자마자 아들은 읽고 싶은 자리를 택해 자리 잡는다. 푹신한 매트가 있어 편하게 엎드려서 볼 수 있는 곳, 햇살이 따사로이 쏟아지는 가운데 창밖을 보며 읽을 수 있는 곳, 동그란 반원통 모양에 들어가 혼자 앉을 수 있는 멋진 곳 등. 여기저기 옮겨가며 아들은 책을 읽고 나는 우리 집에 데리고 갈 책들을 고른다. 일명 책 사냥을 한다. 우리 아들이 좋아할 만한 책을 찾는 건 보물찾기 같았다. 아들이 좋아할 만한 표지를 고르기도 하고 좋아하는 작가가 쓴 다른 책을 찾기도 했다. 아들이 책을 보고 미소 짓는 모습을 떠올리니 행복했다.

오전 시간을 보내고 나면 둘 다 슬슬 배고파진다. 시립 도서관 백미는 바로 지하 식당이다. 우리 아들이 좋아하는 돈가스, 내가 좋아하는 떡볶이, 라면을 파는데 모두 다 엄청 저렴하다. 둘이 실컷 먹어도 만원도 되지 않아 지갑이 얇은 나에겐 딱 안성맞춤이었다. 주말마다 우리는 외식했다. 근사하지는 않았어도 밖에서 사 먹으며 한껏 기분을 냈다. 배를 든든히 채우고 일 층에 있는 야외 휴식 공간에서 눈도 쉴 겸 햇볕을 쬔다. 넓은 곳을 마구 뛰어다니며 뭐가 그리 좋은지 소리 내어 웃는 아들이 나를 부른다. 나에게 손짓하는 아들을 보고 있으니 저절로 입꼬리가 올라간다. 이 순간을 유리병에 담아 간직하고 싶은 충동이 들 만큼 완벽했다. 이젠 흐릿해져 가지만 나에게 행복한 순간 중 하나로 기억되는 추억이다.

주말 데이트는 계속 이어지며 조금씩 업그레이드됐다. 아이가 커가면서 새로운 곳을 가길 원해서 장소를 조금씩 변경했다. 버스와 지하철을 타고 시내에 있는 또 다른 도서관 탐방을 떠났다. 어릴 때만큼 긴 시간 책을 읽지 않는 아이를 위해 주로 도서관과 숲이나 공원이 함께 있는 곳으로 갔다. 야외에서 마음껏 뛰놀다가 책도 읽곤 했다. 아이 키우며 다닌 도서관은 우리 주말 데이트 단골 장소였다. 특색이 각각 다른 도서관마다 우리만의 별칭을 붙이고 주말 데이트를 지속했다. 바바파파 그림책 시리즈가 많이 있던 바바파파 도서관, 대출 반납 기계에 펭귄 그림이 그려져 있어서 불렀던 펭귄 도서관, 도서관 근처 아이스크림이 맛있던 아이스크림 도서관 등. 모두 다 우리 둘만의 데이트 장소였다.

　나이 들면서 자주 추억여행을 떠난다.
　'그땐 그랬었지.'
　드라마나 영화를 보다 학창 시절 향수가 떠오르는 장면을 볼 때마다 생각에 잠긴다. 추억을 떠올리며 그 시절 속 나를 만난다. 추억여행을 하다가 오늘은 아들과 찬란했던 주말이 떠올랐다. 신문 속에서 넓은 잔디를 뛰어다니는 아이의 해맑은 미소 사진을 보았던 덕분이었다. 나도 모르게 고개를 끄덕이며 미소를 지었다. 당신도 지금 떠오르는 추억이 있나요? 슬며시 미소 짓게 되는 그런 추억 말이에요. 아침에 읽은 신문 덕분에 아들과 함께했던 찬란한 추억여행을 제대로 했다.

반짝반짝하고 두근대는 사람 되기

다섯 살인 나는 아빠가 데려가고 세 살인 남동생은 엄마가 데려가 키웠다. 나중에 커서 만난 남동생은 아빠를 증오했다. 자라오면서 엄마 가족들이 아빠에 대해 내내 나쁜 소리를 했고 엄마가 힘들게 산 걸 똑똑히 보며 자랐다. 게다가 하나밖에 없는 누나와 평생 떨어져 지내야만 했다. 모든 원흉은 아빠였다. 친엄마를 비롯해 엄마 가족들에게 아빠는 죽일 놈이었겠지만 남동생에게도 아빠는 똑같이 나쁜 놈이기만 할까? 주 양육자에게 자기를 낳아준 아빠에 대해 좋지 않은 말들만 듣고 자란다면 그 아이는 과연 아빠에 대해 제대로 생각할 수 있을까? 본인 스스로 생각하기보다 어릴 때부터 들었던 말들로만 판단하게 되지 않을까? 누군가를 원망하거나 증오로 가득 찬 삶을 사는 건 나 스스로 보이지 않는 감옥에 밀어 넣는 걸지도 모른다. 언제나 나를 싫어하는 엄마를 보며 이해하지 못했는데 나중에 상황을 알게 되자 단번에 이해됨과 동시에 이런 상황을 만든 부모가 원망스러웠다. 외도를 저지른 아빠가 밉고 나를 데려가지 않은 친엄마가 원망스러웠다. 나는 왜 하필 그들 자식으로 태어나서 부모 사랑을 충만하게 받을 기회마저 뺏겼는지 생각이 꼬리를 물었다. 그 원망 어린 마음이 몇십 년이나 묵힌 채로 뼈에 오롯이 새겨져 있다.

 아이 아빠가 외도했을 때, 나에겐 세상에 갓 태어난 아들이 있었다. 반복되는 운명의 쳇바퀴 속에서 벗어나고 싶었다. 친엄마가 겪은 일이 나에게도 똑같이 일어났다는 사실이 섬뜩했다. 어른들이 말하던 팔자가 이런 건가 싶었다. 나만은 내 가정을 온전히 지켜내고 싶었다. 다른 무엇보다 태어난 지 한 달밖에 안 된 아이는 스스로 결정할 수 없었다. 어른들이 이미 내린 결론에 장기판 말처럼 그저 하라는 대로 움직여야만 했던 어린 시절 내가 떠올랐다. 내가 겪은 불행을 내 아이가 반복하지 않았으면 했다. 아무리 애써도 이름 모를 그 낯선 존재감이 공존했던 가족들 사이에서 이방인으로 느껴졌던 나였다. 언제나 부모님이 싸울 때의 원인은 나였다.

원망으로 가득 찬 나와 증오로 가득 찬 남동생이 동시에 떠오르면서 우리 아이만큼은 원망이나 증오로 마음이 비뚤어지지 않고 온전한 사랑을 느꼈으면 했다. 사랑받으면서 자라서 다른 사람에게도 사랑을 나누어줄 수 있는 사람이 되었으면 했다. 마음이 건강하고 여유로운 사람이 되길 바랐다.

　신문을 읽다가 깨달은 게 있다. 행복은 누가 건네주는 게 아니라 스스로 만들어가는 것이라는 것을. 사랑 또한 마찬가지다. 나를 누군가 사랑해 주길 바라지 말고 나 스스로 나를 사랑하면 된다. 앞으로 몇 번이 남아있을지 모르는 내 남은 봄을 위해 원망으로 가득 찬 나로부터 조금씩 벗어나자. 누군가를 원망하는 마음은 놔두고 온전히 나를 바라보고 흠뻑 사랑하자. 결국 나를 사랑할 줄 알아야 우리 아들에게도 진정한 사랑을 줄 수 있다. 진정한 사랑을 받다 보면 결국 우리 아들 마음도 원망이나 증오가 아니라 사랑하고 행복함이 가득하게 되지 않을까?

다른 사람을 대할 때는 사랑에 푹 빠져 연애편지 쓰듯 소중하게 대했다. 하지만 정작 나 자신에게는 낙서장 대하듯 마구잡이로 휘갈겼다. 드라마 <폭싹 속았수다> 속 큰딸 '금명'은 말했다. 백만 번 고마운 은인은 바로 가족이라고. 하지만 그녀에게 고마운 은인인 가족이 나에겐 은인이 아니다. 그것 또한 내가 어찌할 수 없으니 내가 할 수 있는 선에서 최선을 다하려 한다. 금명 남편 충섭이가 '금명'은 그냥 덩그러니 서 있어도 반짝반짝하고 두근두근한 트리 같은 사람이란다. 그걸 들으며 생각했다. 누군가의 트리가 아닌 내 마음속에 나 스스로 반짝이는 트리가 될 거라고. 나 스스로 반짝반짝하고 두근두근한 사람으로 살다 보면 우리 아들도 그렇게 살아갈 거란 믿음이 있으니까. 나부터 행복하면 내 주변도 행복해지리라.

인생의 평생 친구, 신문

　나에겐 평생지기 친구가 있다. 답답함으로 가득했지만 내 힘으로는 바꿀 수 없는 가족 관계에서 힘들어할 때 언제나 그 자리에 있어 준 친구다. 구덩이에 빠져 허우적대는 나에게 손을 내밀어준 건 다름 아닌 내 친구들, '용'과 '갱'이다. 중학생 때 만난 그녀들은 언제나 외롭던 내 학창 시절 버팀목이었다. 우리는 서로 고민을 나누며 우정을 쌓았다. 어른이 되며 서로 다른 인생을 살면서 물리적으로는 멀어졌지만 언제나 편안했다. 해답이니 정답이니 하며 충고하거나 자신들 생각을 나에게 강요하지 않는다. 그저 내 옆에 있어 주고 지지한다. 나를 향한 친구들의 진심이 느껴졌던 건 내가 힘들어 무너졌을 때 그저 달려와 나를 안아주었다. 그녀들은 쫀득하고 탱글탱글한 양갱이다. 솜사탕은 달콤하지만, 입에 넣자마자 이내 곧 사라진다. 그녀들은 묵직한 양갱이다. 또한 달짝지근하기도 하다. 사라져 버리는 솜사탕이 아니라 은은한 달콤함과 묵직함으로 감싼 단팥묵 같은 그녀들로 인해 길고도 힘든 인생 터널을 지났다.

중년에 나는 남은 인생을 함께할 평생 친구를 만났다. 바로 종이 신문이다. 우리의 첫 만남은 썩 유쾌하지 않았다. 작디작은 글씨로 가득하고 겹겹이 쌓인 종이는 두툼했다. 두툼한 신문을 수박 쪼개듯 쫙 펴자마자 깨알 같은 글씨가 내 눈을 어지럽혔다. 읽는 걸 시도조차 못 하고 포기한 채 반으로 다시 접어 책상 귀퉁이로 밀어 놓았다. 읽어야 한다는 생각이 구름 위로 날아다녔지만 신문은 계속 쌓여만 갔다. 결국 쌓인 신문은 차곡차곡 놓아지며 벽이 되었다. 거대한 신문 벽을 바라보다 책상 귀퉁이에서 밀자 벽이 무너졌다. 떨어진 신문을 주워 다시 읽으려 펼쳤다. 그렇게 만난 신문 친구가 오늘 아침 나에게 말을 건넨다.

'잘 잤어? 오늘도 우리 함께 하자. 같이 세상을 바라보자.'

빳빳하게 접힌 평생 친구인 종이 신문은 나에게 이래라저래라 하지 않는다. 그저 나와 함께 하며 바스락거리며 자신을 쫙 펼쳐낼 뿐이다. 불안정했던 마음과 불확실한 관계 속에서 오는 두려움으로 가득했다. 신문 속 '오늘의 운세'를 보며 짧은 문장에 내 하루를 온전히 기대 지내기도 했다. 그러다 불안함을 없애고 싶었다. 불안에서 나를 분리하고 싶었다. 그러기 위해 먼저 해야 할 일이 무엇인지 생각했을 때 그건 바로 나를 알아가는 거라고 생각했다. 종이 신문을 읽고 나를 알아간다. 운세에 기대 하루를 보내는 게 아니라 오늘을 어떻게 보낼지 내가 방향을 잡는 것. 인생 방향키를 내가 쥐고 나를 통제하는 것. 그런 하루하루가 차곡차곡 쌓여 반짝반짝 찬란한 내가 될 거다. 그렇게 되리라 나는 꿈꾼다.

한국신문협회에서는 매년 신문의 날을 기념하여 표어를 공모한다. 표어란 주장, 강령 따위를 간결하게 나타낸 짧은 어구로 구호나 신조와도 비슷하다. 다양한 표어들이 매년 모여드는데 다음은 2025년 당선된 표어다.
'신문이 내 손에, 세상이 내 눈에'
'소통의 벽을 넘어 마음의 창을 여는 신문'
'신문, 세상을 담다. 사람을 잇다. 미래를 열다.'
마음이 아프고 시렸던 나에게 아침마다 찾아오는 신문을 통해 세상을 만난다. 나를 알게 하고 마음을 열어

주어 다른 누군가와 소통하게 해 준 고마운 신문이다. 내가 꿈꾸는 미래를 위해 조금씩 앞으로 나아가고 있다. 비가 오나 바람이 부나 함께 하는 평생 친구로 종이 신문을 만났다. 인생을 살아가면서 꼭 있어야 하는 건 뭘까? 사람마다 생각이 다를지도 모른다. 사랑, 꿈, 경제력, 삶에 대한 가치 등 여러 가지를 손꼽을 수 있겠지만 그럼에도 불구하고 인생을 살아갈 힘을 얻는 건 다른 이가 건넨 위로와 응원이다. 그렇게 함께 인생을 살아가는 걸지도 모른다.

5부

읽고 쓰며 나를 안아주다

내 마음을 달래준 건

　아침에 눈을 뜨자마자 준비한 라테를 마시며 종이 신
문을 보는 그 시간은 온전히 내 시간이다. 얇은 신문지
를 넘기는 바스락거리는 소리, 커피 향과 신문지에서
나는 냄새도 뒤섞인 그 모든 게 완벽하다. 불안정한 관
계로 매일 남편과 언제 떨어질지 모르는 불안한 줄타기
를 하고 있었다. 하지만 신문 읽는 순간만큼은 달랐다.
신문을 넘기며 커피 한 모금 마시는 그때는 불안한 마
음이 연기처럼 흩어진다. 신문을 읽다 보고 싶은 신문
사진이나 표제를 본다. 내 눈길이 머무는 것을 택하는
아주 조그만 일이 나에게는 내 자유의지가 담긴 거대한
행위의 첫 시작이었다. 신문 속에서 그 누구도 아닌 내
가 선택해서 표제와 사진을 보면서 매일매일 나를 차곡
차곡 쌓아갔다. 스스로 생각하고 선택했던 경험이 없던
나에게 일 년 넘는 그 시간은 참 소중했다. 처음엔 벽돌

같이 무겁게만 느껴졌던 신문이 마음 근육을 길러주던 자양분이 되었다. 그땐 미처 몰랐지만 신문읽는 내내 나는 스스로 선택하고 있었다.

일 년 반 정도 지나자 조금씩 신문 속 작은 글자가 보이기 시작했다. 물론 여전히 신문 전체를 읽는 건 무리였다. 다만 표제와 사진을 넘어 내가 관심이 생기는 기사나 칼럼을 읽기 시작했다. 전문가가 지식을 바탕으로 글을 쓰고 여러 사람이 검증해서 완성한 것이 바로 신문이다. 종이 신문을 읽으며 고개를 끄덕이기도 하고 내 생각이랑은 다르다며 반문하기도 한다. 읽고 생각하면서 매일 조금씩 성장하는 내가 느껴진다.

많고 많은 것 중 마흔 넘은 내 마음을 달래준 건 다름 아닌 신문이었다. 아들이 어린이신문을 읽고 싶다고 해서 별책부록처럼 만난 신문이었다. 내 의지라기보단 부채감 가득 안은 마음을 떨쳐버리고자 읽기 시작했다. 하지만 벽돌이 되어 벽처럼 쌓인 신문을 보니 힘들기만 했다. 그림책을 좋아하던 나를 떠올리며 그림 같은 신문 사진만 보기 시작하자 두툼한 신문을 보더라도 숨이 막히지 않았다. 알록달록 색이 있는 신문 사진을 보며 어느덧 표제까지 보기 시작했다. 그렇게 꽤 오랜 시간을 보냈다. 아직도 작은 글씨를 볼 때면 힘들지만 신문을 읽으며 내 눈길이 머무는 것을 들여다보니 자연스럽게 나에 대해 알게 되었다. 나에 대해 알게 되는 시간이 매일 쌓여만 간다. 스치는 종이신문의 속삭임은 내 마음 중간중간 뻥 뚫린 곳곳에 따스한 봄날 햇살처럼 비추었다. 그건 내 성장을 부화시키는 숨겨진 불꽃 새가 되었다.

셋

"한 번 더!"

여섯 살 아들 목소리에 힘이 들어갔다. 아이를 가운데 두고 양쪽으로 나와 아이 아빠가 아들 손을 잡고 서 있다. 더 세게 위로 들어 올리자 이내 곧 아이 몸이 그네 타듯 붕 떠올라 하늘과 맞닿을 듯이 올라갔다가 내려온다. 목젖이 보일 정도로 커다랗게 소리 내며 해맑게 우리 아들이 웃고 있다.

"또!"

몸이 붕 떠올랐다가 내려오길 얼마나 반복했는지 모른다. 흥에 겨운지 아이 발걸음이 가볍다. 걸어가며 콩콩 뛰기도 한다. 양쪽으로 잡은 엄마, 아빠 손등을 자신의 몸 한가운데로 끌어와 비벼대며 물끄러미 부모를 번갈아 가며 본다. 시끌벅적한 놀이동산 속에서 그 순간 시간이 멈춰진 것만 같았다. 다른 주변 사람들은 휙휙 지나가는데 우리는 멈춰 있었다. 아이는 아빠가 돈을 벌기 위해 멀리 떨어져 있다고 알고 있었다. 우리가 한부모가정이라는 사실도 전혀 몰랐다. 근데 이 순간 아이가 나에게 어렵게 내밀어 자기 속마음을 보여주었다. 그렇게 아이 손을 잡은 채로 우리 셋 거리는 가까워졌다. 물리적으로도 심적으로도 말이다.

나 혼자만 아이 말과 행동 하나하나에 의미를 두었을지도 모른다. 장난감을 사달라고 떼쓰거나 투정 부리던 또래 아이들과는 달랐다. 우리 아들은 나이답지 않게 일찍 철들었다. 엄마가 슬퍼하거나 힘들어하면 오히려 나를 토닥였다. 기껏해야 대여섯 살 아이의 그런 모습을 보고 있자니 마음이 더 쓰렸다. 어른 눈치 살피지 않고 자기 나이대로 컸으면 싶었다. 너무 어린 나이에 부모 감정을 살피느라 나를 잃어버린 건 나 하나로 족했다. 그런데 놀이동산에서 엄마와 아빠 손등을 잡아끌어 비벼대며 물끄러미 나를 쳐다본 아들을 봤을 때 나는 아들 눈빛에서 분명 느꼈다. 셋이서 함께하고 싶다고 말하고 싶다는 것을.

결국 우린 다시 셋이 되어 살아가고 있다. 하지만 여전히 복잡한 감정들과 관계 속에서 허우적대고 있다. 10년이 넘는 시간 동안 애 아빠가 집을 나갔다가 들어 오기를 반복할 때도 아들에겐 말하지 않았던 이혼. 어릴 때여서인지 전혀 기억하지 못해 다행이라고 생각했다. 하지만 나만의 마지노선이 무너졌다. 아이가 초등학교 고학년이었던 어느 날, 아이 아빠는 아이에게 단호하게 말하고 집을 나섰다.

"너도 이제 어느 정도 다 컸으니, 누구랑 살지 정해. 아빠는 도저히 엄마랑 못 살겠다. 이혼할 거야. 너도 생각해 봐."

아무리 애 아빠와 사이가 안 좋아도 아이에게는 알리고 싶지 않았던 내 마지노선이 한 번 무너진 후로는 잊을만하면 한 번씩 애 아빠는 들춰내곤 한다. 반복되던 그 삶에 지쳐서 아들에게 어렵게 말을 꺼냈다.

"엄마 너무 힘들어. 마음이 아파. 요새 그래서 자주 몸까지 아픈가 봐. 너무 힘들어서 엄마도 결단을 내려야 할 거 같아."

아들은 바닥만 보며 살짝 떨리는 목소리로

"엄마가 너무 힘든 거 알겠어. 엄마한테는 너무 미안

한데 나는 아빠랑 엄마랑 이렇게 셋이 꼭 살고 싶어."

그렇게 말하며 나를 올려다보는 아들 눈빛을 어디선가 분명 보았었다. 놀이동산에서 날 바라보던 그때 눈빛이 떠올랐다. 우리 아들은 셋이 함께 있길 원한다. '어른들이 다른 선택을 했더라면 어땠을지, 내 의견도 물어봐 줬더라면⋯.' 생각하곤 했던 내가 떠올랐다. 내 눈에서 눈물 나는 건 참을만했다. 아니, 참을 수 있다. 그런데 내 새끼 눈에서 눈물 나니 내 가슴에선 피눈물이 솟구쳤다.

아이를 재우고 거실 탁자에 덩그러니 앉았다. 아침에 읽고 놔둔 신문이 눈에 띄었다. <2019년 10월 26일 자. 백영옥의 말과 글. 당신의 안전지대>. 아이를 교통사고로 잃은 엄마가 상처를 머금은 채 살아간다는 이야기였다. 상처 속에서도 하루를 살아갈 힘을 쥐어짜고 있었는데 그 힘은 다름 아닌 그녀의 과거였다. 아이가 태어나던 날, 아이가 처음 걸었던 때를 떠올리며 힘들지만 삶을 지탱하며 살고 있었다. 상처가 있을지라도 과거를 곱씹어가며 하루를 살아갈 힘을 얻는다고 했다. 팝콘 냄새가 유혹적인 것도 그걸 먹으면서 봤던 영화 기억

때문이라는 칼럼 속 작가가 했던 말이 맴돌았다. 우리 아들이 셋이서 살아갈 경험 자체를 뺏는 일을 하고 싶지 않았다. 아빠에 대한 아들만의 기억과 경험이 있어야 한다고 생각했다. 아침에 읽다 만 신문을 보면서 아빠, 엄마 그리고 우리 아들이 함께 일상에서 겪을 그 모든 감정들을 오롯이 느꼈으면 했다.

　나와 아이 아빠의 관계는 모래로 땅따먹기하고 있는데 얼마 남지 않은 모래 같다. 꽂힌 깃발이 금방이라도 쓰러질 듯이 위태롭다. 나는 어른들로 인해 내가 원하지 않은 경험을 겪었다. 엄마와 관계 속에서 힘든 시기를 보낸 유년기가 미성숙하고 불안한 나를 만들었다. 사랑받지 못해 나를 사랑하지 않고 그저 사랑을 좇았다. 감옥 같은 집에서 탈출하고만 싶어 결혼이라는 걸택했다. 후회가 가득했던 과거만이 있는 나와는 다르게 우리 아이는 본인 생각을 나에게 말해줬다. 엄마는 힘들겠지만 셋이서 살고 싶다고 의견을 분명하게 말했다. 아이를 재우며 신문을 읽으며 내 마음을 오롯이 들여다본다. 어린 시절 내가 떠올랐고 지금 아이가 원하는 것이 무엇인지 인지했다. 그러다가 신문 속 이야기까지 한데 섞였다. 깊게 무르익어가는 밤, 바스락거리며 넘겨진 종이신문이 은밀하게 나에게 말을 건네고 있었다. 과거 속 추억으로 아이 잃은 슬픔을 안고 사는 엄마를 보며 피눈물보단 눈물을 흘리자고 마음먹었다.

많고 많은 엄마 중에

"많고 많은 엄마 중에 나에게 와 줘서 고마워. 우리 아들. 정말 많이 사랑해. 잘 자."

자기 전 옆에 누워 있는 아들을 향해 눈을 맞추고 인사한다. 수없이 많은 엄마 중에 나에게 와 준 아이에게 고마워서 표현하고 싶었다. 아이가 태어나면서부터 밤마다 해 온 인사다. 언제였을까? 평소와 다름없이 인사하고 잠을 청하려는데 아이가 나를 보며 말했다.

"많고 많은 아이 중에 나에게 와 줘서 엄마 고마워. 사랑해. 잘 자."

그 순간, 어느새 커서 나에게 고맙다고 말한 아들에게 고마웠다. 옆에 있는 이 순간이 소중하게 느껴졌다. 그렇게 우리는 밤마다 서로 존재함에 감사하며 인사를 건네고 있다. 각자 하루 동안 열심히 살고 만난다. 분주했을 하루 마지막에 나누는 우리 인사는 단비 같다. 아들이 나에게 혼나서 기분이 안 좋아도 아프고 힘들었던 날에도 어김없이 울려 퍼지는 우리 둘만의 의식이었다. 애정 듬뿍 담긴 목소리로 속삭인 날도 의무감에 어쩔 수 없이 말하며 지나쳤던 날들 모두 어김없이 흘러갔다. 아이가 태어나고 5,000일이 넘는 시간이 흐르면서 느낀다. 가까운 사이일수록 특히 가족 울타리 안에서 사랑하고 귀히 여기지만 표현이 서투르고 어색하기만 한 걸. 하고픈 말은 분명 이거였는데 자꾸만 말이 삐딱하게 튀어 나가곤 했다.

내가 좋아하는 조선일보 백영옥의 말과 글 칼럼. <할 수 있는 일을 할 때>. 긴급한 수술실에서 온 장기에 퍼진 암세포를 발견한 외과 의사는 안타깝게도 수술을 중단해야만 했다. 그러나 예상을 깨고 의사는 수술을 다시 시작한다. 밥은 먹게 해드리겠다고. 하지현 책 <꾸준히, 오래. 지치지 않고> 속 이 장면을 읽고 백영옥 작가는 먹먹해져 바로 이 칼럼을 썼다. 상황이 좋든 나쁘든 지금 할 수 있는 일을 하고 해결이 가능한 문제에 최선을 다하는 것. 그래! 나도 내가 할 수 있는 것 중에서 최선을 다해 보자.

엄마 사랑을 못 받고 자라서 내 아이를 사랑하지 못할까 봐 걱정했지만 그건 내 우려였다. 비록 엄마 품은 몰랐지만 물 흐르듯 우리 아이를 충분히 안아주고 사랑했다. 비록 사랑받고 크진 못했지만 내 아이에게는 최선을 다하고 싶었다. 칼럼에서 백영옥 작가가 말한 대로 내가 할 수 있는 것 중에서 최선을 다해 아이를 사랑하노라고 한없이 표현했다. 하루를 살아가다 아이 모습이 사랑스러워 갑작스레 끌어안으며 사랑한다고 말한다. 그럴 때면 어김없이 삶을 살아갈 원동력이 충전됐다. 아이는 엄마 품이 제일 따뜻하다고 한다. 나에게도 아이를 끌어안을 때가 세상 무엇과도 견줄 수 없는 따스함이 묻어난다. 어렸을 때도 사춘기가 시작된 중학생인 지금도 우리는 오늘도 어김없이 충전한다. 서로 꼭 끌어안고 토닥이면 이제는 내 키보다 커버린 아들이다. 서로 이해하기 힘들다며 지지고 볶기도 한다. 품 안에 쏙 들어오던 아이가 이제는 내 시선을 벗어났다. 키뿐만이 아니라 마음도 자라고 있다. 그렇게 또 시간은 흐른다. 어김없이 어젯밤에도 우리 아들이 나에게 말을 건넸다.

"많고 많은 청소년 중에 나에게 와 줘서 고마워요. 사랑해요. 잘 자요."

소소한 힐링

　하루하루 지나 어느덧 오십이라는 나이를 바라보고 있다. 신문을 읽고 사유하다 보니 나는 과연 진정한 자유를 느끼며 살고 있나? 내 정체성과 독립성은 확보되었나? 내 삶의 진짜 주인은 과연 내가 맞을까? 어느 순간부터 끊임없이 질문이 샘솟았다. 내 삶 속 중심은 내가 아닌 채로 살아가면서 주위 말에 휘둘리는 내가 싫었고 지쳐만 갔다. 자꾸만 나에겐 오지도 않을 행복을 바라기만 하며 살고 있는 나 자신에게 염증이 느껴졌다. 다가올 행복만을 목 빠지게 기다리는 내가 바보처럼 느껴졌다. 신문을 읽으면서 행복이란 멀리서 갑자기 나타나는 게 아니라는 걸 깨달았다. 내가 행복하지 않다고 느낀 이유는 결국 나 자신이 없는 삶을 살았기 때문이다. 나를 알고 확신을 갖고 살아가는 것! 내 삶을 온전히 스스로 살아가는 것이 행복의 시작이라고 생각한다. <갈매기의 꿈>이라는 책 속 조녀선이 떠오른다. 조녀선은 다른 평범한 갈매기들처럼 먹이만 먹으며 살지 않았다. 비행하며 자신이 갖고 있는 꿈과 이상을 포기하지 않았다. 진정한 자유란 나를 믿고 삶을 온전히 내 의지대로 살아가는 게 아닐까? 그런데 나는 어떤 삶을 살았나? 돌이켜보니 슬프게도 내 삶 속에서 나는 그 어디에도 없었다. 조녀선은 비행하며 자신에 대한 확신을 가졌다. 나에게 있어서 조녀선의 비행과 같은 의미가 뭘지 곰곰이 생각했다. 나를 알고 나를 대면할 수 있는 것이 무엇일지 떠올리니 답이 금세 떠올랐다. 그건 바로 신문이었다. 신문을 읽다 보니 나에 관해 관심이 생겼고 삶을 들여다보게 됐다. 그러면서 질문하며 답을 찾고 싶어진 나였다. 어느 순간 신문을 오리고 붙이고 끼적거리는 날 발견했다. 바로 신문 테라피를 하고 있었다. 테라피란 치유, 치료를 뜻하는데 나는 신문을 통해 치유되고 있었다. 멀리 존재할 것만 같은 행복이 사실은 바로 내 옆에 있었다는 걸 신문 읽다 보니 알았다. 결국 내 삶은 내가 주체적으로 온전히 사는 것이라는 걸 깨달았다. 그게 진정한 자유고 행복이란 것을. 100세 시대인 요즈음 이제 50살을 바라보는 나는 늦지 않았다. 그렇게 지금도 나는 진정한 자유를 맛보고 있다.

'소소(小小)하다'는 자질구레하고 변변하지 아니한 걸 의미한다. 소소한 나만의 힐링 포인트가 있다. 아침에 일어나자마자 커피 향 가득 머금은 라테를 마시며 색연필을 들고 종이신문을 읽는 순간, 힐링 시간은 시작된다. 나는 아침마다 행복한 순간을 만나고 쌓아가고 있다. 소소한 힐링이 가진 힘이 있다고 믿는다. 그게 바로 인생을 소소(昭昭)하게 만들어준다. 매일 느끼는 소소한 힐링이 나를 알고 나에 대한 확신을 갖게 하고 목적의식을 만들었다. 지금 삶이 힘들고 지쳤나요? 그렇다면 소소한 나만의 힐링 방법부터 찾아보면 어떨까요? 뭐든지 좋아요. 그저 소소하게 매일 쌓여가는 경험이 결국 행복한 삶이니까요.

어르신과의 만남 (슬픔)

　도서관에서 들었던 감정 놀이지도사 수업을 들으니 다양한 감정들이 있음을 알게 되었다. 감정을 알고 표현하면서 나만의 동굴에서 조금씩 빠져나오고 있었다. 내 감정을 들여다보니 비로소 타인도 보이게 되었다. 수업 후에 만든 동아리 활동을 하는 중에 시니어분들을 위한 감정 수업을 의뢰받게 되었다. 내가 수업을 진행한다고 생각하니 걱정이 앞섰지만 힘들었던 나를 빠져나오게 해 준 신문과 감정으로 누군가를 만나고 싶어서 살짝 용기 내 보았다.

　<무지개 눈물> 그림책으로 어르신들과 만났다. 인간이 자기 자신을 표현하는 가장 적극적인 방법이 바로 눈물이다. 그 눈물에는 여러 종류가 있는데 무지개 눈물 그림책은 다양한 의미의 눈물을 알려준다. 다양한

눈물을 느낀 경험을 이야기 나누고 풍선에 써 보았다. 아직도 생생하게 기억속에 남은 어르신이 떠오른다. 풍선에 '날 인정해 주면 내 삶이 행복할 것 같다.'라고 적혀있었다. 풍선에 적을 때도 굉장히 조심스러워하셨던 모습이 인상적이었다. 파라슈트 위에 감정을 가득 적은 풍선들을 놓아두고 음악에 맞춰 힘차게 흔들어댔다. 이리저리 날리는 풍선들을 보며 어르신들의 에너지는 한껏 고조됐다. 호흡을 가다듬고 자리에 앉아 각자 삶 속에서 눈물 흘린 경험을 종이에 적을 때였다. 글을 쓰던 어르신이 속절없이 눈물을 쏟아내셨다. 옆에 놓인 가방에서 주섬주섬 손수건을 꺼내어 연신 흐르는 눈물을 닦으셨다. 옆에 다가가 무릎을 살짝 구부리니 어르신과 내 눈이 마주쳤다. 눈물범벅이 된 어르신이 내 손을 두 손으로 꽉 움켜쥐었다.

"내가 나이가 80이 넘었는데 나도 신랑한테 인정받으며 살 수 있을까? 인정이란 걸 받을 수 있으려나? 언제 갈지 모르겠지만 얼마 남지 않은 거 같은데 그런 날이 나한테 올까?"

그러면서 말을 이으셨다.

"평생 살면서 신랑한테 나는 사람이 아니었어. 그래.

맞아. 나는 사람 대접을 받지 못했어."

사람 대접이라는 말을 들으며 내 눈에서도 눈물이 걷잡을 수 없이 흘러내렸다. 어르신 모습에 내 모습이 겹쳤다. 볼에 흐르는 눈물을 손으로 닦아내는데 어르신이 말을 이었다.

"이 나이 먹도록 그저 그런가 보다 하고 살았어. 감정이 뭔지도 모르고 살았네. 이런 게 있는 줄도 몰랐어. 생각해 보니 나는 신랑한테 인정이란 걸 받고 싶었던 건가봐."

나 또한 전혀 모르고 살다 신문을 읽기 시작하며 나를 찾게 되었다. 감정을 알게 되며 신문과도 연결했다. 얼마 남지 않은 삶이지만 신랑한테 인정받고 싶다며 울고 계신 어르신을 보면서 내가 느꼈던 걸 말하기 시작했다.

　"누군가를 바꾸는 건 어려워요. 하지만 우리 할머니는 소중하고 귀한 사람이에요. 할아버지를 바꿀 순 없어요. 대신에 할머니 마음을 들여다보며 하루하루 살아보시면 어떨까요? 할머니가 스스로 자신을 인정해 보세요. 매일 하루 동안 할머니 마음을 충실하게 들여다보는 걸로 시작해 보는 거예요. 이렇게 오늘처럼 할머니만을 위한 시간을 가져 봐요. 우리 그렇게 조금씩 한 걸음 한 걸음 나아가봐요."

　그건 바로 나에게도 건네고 싶은 말이었다.

행복으로 만난 어르신

 행복이라는 감정으로 만난 어르신들과 <오스발도의 행복 여행> 그림책을 읽고 행복 병풍을 만들었다. 신문 속에서 날 행복하게 만드는 모든 것을 찾았다. 글자나 이미지를 오리면서 오랜만에 가위질한다고 신난 모습이었다. 할머니 한 분이 신문 속 작은 글자를 가리키며 옆에 앉은 분을 툭툭 치셨다.

 "아이고, 아직도 나는 이게 보여. 대단하지?"

 이내 곧 책상으로는 비좁아서 안 되겠다며 바닥에 신문을 펼치며 털썩 앉은 어르신도 계셨다. 가고 싶은 곳들이라며 오린 걸 붙이시며

 "무릎이 내 말 들을 때까지 나는 여기저기 다닐 거야."

 "날 행복하게 만드는 건 역시 음식이야."

 신문 속 음식 사진들을 오리며 누가 뭐래도 음식이 최고라면서 말을 이었다. 여행 가고 싶은 곳을 이야기한

다른 분에게 거기는 어떤 음식이 유명한지 설명했다.
또한 신문 속에서 오린 행복으로 가득 찬 병풍을 들며
활짝 웃어 보이며 이렇게 말하는 어르신도 계셨다.

"이거 내 방에 떡하니 놓고 살아야지."

병풍에 매듭까지 지으며 소중하게 갖고 가셨다. 다른
무엇도 아닌 신문 속에서 찾은 어르신들의 행복이다.
종이 신문안에 행복이 가득 있었다.

어르신을 만나며 나라는 사람과 내 감정에 대해 나이
가 든다고 해서 다 알게 되는 것이 아니라는 걸 알았다.
그걸 깨닫지 못하고 사는 사람도 많다는 걸 알았다. 오늘은 또 어떤 인생 이야기를 듣게 될지 설레며 어르신을 만난다. 수업이 끝나면 너무 좋은 시간이었다며 손을 잡아주기도 안아주기도 하며 우리는 서로 헤어진다. 헤어지고 돌아올 때면 어르신을 만나고 온 나는 깊이 있는 행복함을 한가득 안고 온다. 신문과 감정으로 그렇게 우리는 만나고 연결된다.

제주가 날 살렸다

NIE 지도사 과정을 통해 우리는 스승과 제자로 만났다. 제주에 살고 있는 향란 선생님과는 줌으로 만났는데 그녀와 만나는 시간을 나는 매주 손꼽아 기다렸다. 온라인에서 만난 그녀는 언제나 유쾌했고 통쾌할 만큼 호탕한 웃음소리가 매력이었다. 수업 시간마다 그녀가 던지는 질문은 나를 생각하게 하고 성장시켰다. 매주 신문을 활용하여 다양한 방법을 배우는 것이 즐거웠다. 앎의 행복이라는 게 이런 걸지도 모른다는 생각이 들고 더욱 신문에 빠졌다. 그러다가 우연한 기회로 언제나 밝은 향란 선생님에게 나였다면 감당하기 힘든 아픔이 있다는 걸 알게 되었다. 그저 묵묵히 계셔주는 것만으로도 감사한 마음이 들었다. 아픔을 승화시켜 NIE로 전파하고 있는 그녀가 대단했다. 나였다면 그렇게 살아갈 수 없었을지 몰랐다. 나만의 어두웠던 동굴 속에서 그녀와 신문으로 이야기를 나누며 조금씩 빠져나올 수 있었다. 깊고 깜깜했던 동굴 속에 있던 나에게 선생님은 초롱불 같은 존재였다. 헤드라이트처럼 환하게 비추는 게 아니라 은은한 빛을 내며 언제나 바라봐주었다. 그리고 그녀를 통해 알게 된 신문 테라피로 꿈꿀 수 있었다. 신문 테라피 분야에서 대가가 될 거라는 메모를 적은 책을 선물해 준 그녀는 끊임없이 나를 인정하며 응원해 주었다. 인정해 주는 누군가가 있다는 건 저절로 자신감이 키워지는 위대한 일이었다. 그녀를 알게 된 후 5월, 스승의 날이면 어김없이 나는 신문 편지를 보낸다. 내 마음을 한가득 담아 존경을 표한다. 제주에 살고 있는 향란 선생님을 만난 건 나에겐 기적이다.

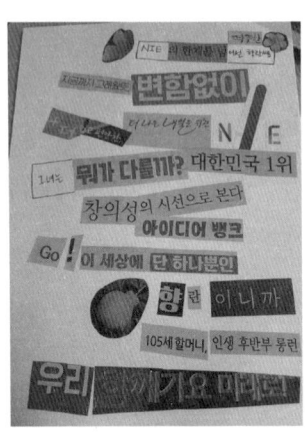

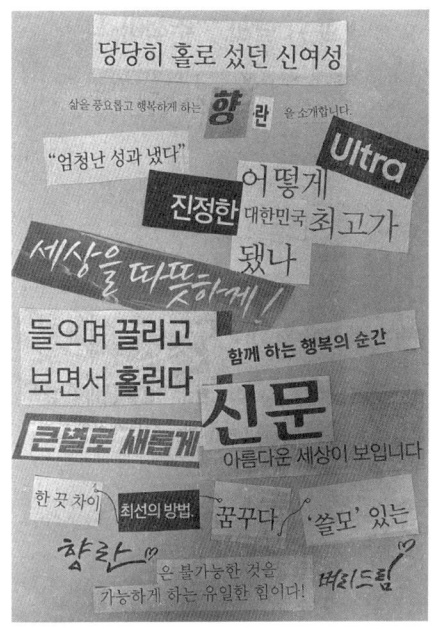

<향란 선생님께 보낸 신문 편지>

아이 아빠와 여전히 힘든 나날이 이어지던 작년 여름
이었다. 향란 선생님의 초대로 제주에 갔다. 신문으로
만난 젬마 선생님 집에서 며칠을 보내기로 했다. 처음
신문을 만나서 여기저기서 신문 수업을 듣던 중 젬마
선생님을 만났다. NIE 전문가는 따로 있다며 젬마 선생
님이 소개해 준 사람이 바로 향란 선생님이다. 공교롭

게도 두 분 다 제주에 살고 있었다. 줌으로만 몇 년 동안 만났던 사람들을 실제로 만나면 어색할 수도 있겠다고 생각했지만 그건 내 기우였다. 제주에서 머문 일주일이라는 시간 동안 젬마 선생님은 많은 걸 깨닫게 했다. 그녀는 언제나 모든 것들에 감사를 느끼고 말을 행동으로 실천하며 살고 있다. 제주도에 머무는 내내 언니(나는 젬마 선생님을 언니라고 불렀다)는 언제나 내 눈을 마주치며 말했다.

"넌 정말 대단한 사람이야! 사람, 신문에 대한 성실함과 꾸준한 능력을 보다 보면 나까지 성장시켜 줘. 너는 말이야. 대단한 사람이야."

"너는 어쩜 그렇게 생각이 넘쳐나니? 정말 NIE에 진심이다. 3년 안에 NIE 최고가 될 거야."

한 번은 언니네 집에 있는 수영장에서 우리 아들이 스스로 해야 할 일을 내가 해 주지 않았다며 엄마인 날 탓했던 상황이 있었다. 그때는 아무 말도 하지 않은 언니가 우리를 데려다주는 차 안에서 아들에게 어렵사리 말을 꺼냈다.

"네 엄마인 벼리는 나에겐 동생이야. 너무나도 소중하고 귀한 내 동생. 네가 함부로 아까 낮처럼 말해도 되는 존재가 아니라는 거야. 네 엄마는 참으로 아름답고 가치 있는 사람이야. 그걸 꼭 기억하고 너 또한 그렇게 엄마를 대하면 좋겠다. 나에게 있어 정말 소중한 사람이거든."

언니가 아들에게 건네는 말을 잠자코 듣는데 순간 눈물이 왈칵 쏟아졌다. 흐르는 눈물을 들키고 싶지 않아 뒷자리 창문에 얼굴을 바짝 대며 생각했다.

'나는 귀한 사람이구나. 언니는 그렇게 생각하고 있구나.'

그저 고마웠다. 젬마 언니 말을 듣고 아들이 대답했다. 그러더니 울고 있던 나를 흘깃 보다 내 손 위에 자신의 손을 가만히 얹어놓는다. 볼을 타고 흐르는 눈물이 뜨겁게 느껴졌다. 나란 존재가 귀하다는 걸 언니는 말과 행동으로 끊임없이 알려주고 있었다.

신문을 통해 만난 향란 선생님과 젬마 언니라는 인연. 제주도에 살고 있는 진정한 어른들을 만난 나는 그곳에서 나를 오롯이 만났다. 복잡하게 거미줄처럼 얽힌 관계를 풀어내려고만 아등바등 살았던 나였다. 내가 나를 바로 세우면 휘둘리지 않음을 깨닫게 되었던 제주였다. 제주에서 타인이 인정하는 나를 만날 수 있었다. 나는

가치 있는 존재라는 걸 묵묵히 믿고 옆에 있어 준 지혜
로운 사람들이 있던 제주가 날 살렸다.

세컨드 윈드

그렇게 넘어져 있으면 조금 전이랑 공기가 달라졌다는 사실이 온몸으로 느껴져. 세상이 뒤로 쑥 물러나면서 나를 응원하던 사람들의 실망감이 고스란히 전해지고, 이 세상에 나 혼자만 있는 것 같은 기분이 들지. 바로 그때 바람이 불어와. 나한테로. 무슨 바람이냐고 물었더니 '세컨드 윈드'라고 하더라.

<이토록 평범한 미래 - 난주의 바다 앞에서>에서

나에게 세컨드 윈드가 찾아왔다. 세컨드 윈드란 운동을 시작하고 얼마 지나지 않아 숨이 차고 몸이 무거워지는 시기나 시점을 넘긴 뒤 몸이 가벼워지고 호흡이 편해지는 현상을 말한다. 내 인생은 무수한 절망감에 휩싸였다. 나를 둘러싼 미끈한 막에서 나와보고자 신문을 펼쳤다. 깨알 같은 글씨로 가득한 신문을 바라보

며 오히려 숨이 막혔다. 누가 시키지도 않은 신문 읽기였다. 괜히 혼자 부채감 가득 안고 바라본 신문 구덩이에 푹푹 발이 빠지고 있었다. 긴 시간, 나아가지도 않고 정체되어 있지도 않은 채 그저 내 속도로 가고 있었다. 그러다 숨이 차고 몸이 무거워졌어도 그냥 계속 신문을 읽었다.

인생을 살며 넘어지면 포기부터 했다. 어쩌면 넘어지기도 전에 포기부터 했는지도 모른다.

'역시 난 안돼. 내가 뭐라고? 나 같은 게⋯.'

김연수는 소설에서 난주를 통해 말한다. 넘어진다고 해도 끝이 아니라고. 의욕으로 다시 버티고 또 넘어지고 그러다 보면 또 다음이 있다고. 그렇게 반복하면 그게 바로 인생을 살아가는 거라고. 처음으로 포기하지 않고 내 속도대로 종이신문을 읽어갔다. 하얀 화선지에 먹 가득 묻은 붓으로 톡 건드리면 먹물이 은은하게 베어 들 듯 그렇게 나에게 퍼져나갔다. 거침없이 붓으로 확 칠하지 않고 은밀하게. 나를 알고 나니 비로소 나에게도 세컨드 윈드가 찾아왔다. 신문을 활용한 수업을 계획해서 여기저기 알렸다. 대상에 맞춘 강의계획서를 준비해서 나만의 포트폴리오를 쌓아갔다. 비로소 조금씩 기관에서 연락도 오고 '벼리의 정원'을 검색하며 나를 찾기도 한다. 0세부터 100세까지 책과 NIE로 누군가와 만나는 곳이 바로 '벼리의 정원'이다. 그곳에서 누군가 나처럼 미끈한 막을 뚫고 나오기를.

행복 압정

시작은 아이와 함께 읽기 위해서였지만 읽다 보니 내가 사는 세상이 어떻게 돌아가는지 어떤 일들이 일어나는지 알 수 있었다. 세상 돌아가는 그 이상을 나는 얻었다. 내 관심사, 가치관 그리고 내가 꾸는 꿈까지도 말이다. 신문을 읽다 보니 그 속에서 잊어버리고 또한 잃어버렸던 나를 발견한다. 생각 씨앗은 점차 자라서 큰 나무가 되었다. 강사로서 수업하면서 내 경험을 나누고 함께 이야기하며 울고 웃었다. 남들이 보기에는 작은 변화일지도 모른다. 고작 몇 번의 강의이겠지만 나에게는 큰 변화이고 커다란 나무 같다. 진심 어린 마음을 담아 말을 건네니 나에게 귀를 기울이고 좋아해 준다.

<행복의 기원> 저자, 서은국 연세대 심리학과 교수를 중앙일보 24년 7월 27일 신문 기사에서 만났다. 행복

을 30여 년간 연구한 그에게 행복한 삶을 위해서 특별히 뭘 해야 하는지 기자가 물었더니 행복은 프로젝트가 아니다. 압정이 많이 깔려있으면 밟을 확률이란 커지기 마련이다. 그러니 행복감을 주는 압정들을 인생에 많이 깔아놓으라고 했다. 그건 공장에서 찍어내는 게 아니라 스스로 개발하고 찾아야 한다고. 행복 압정을 나는 찾았다. 무의미한 시간이 반복되며 흐르는 시간을 따라가기에 급급했던 나에게 종이신문이 찾아왔다. 그건 단순한 정보가 담긴 종이가 아니라 내 삶을 바꾸는 계기가 되었다. 종이신문에서 찾은 행복 압정이 내 인생에 수없이 깔려있다. 커피 마시며 신문 읽는 순간도 나에겐 행복 압정이다. 신문읽다 사진이나 기사를 오려 붙이고 내 생각을 적는다. 또 시를 쓰기도 하고 그림을 그리기도 한다. 모든 게 나의 행복 압정이다. 행복 압정 중에 제일 중요한 건 사람이다. 일상에서 마주치는 사람과의 사회적 경험의 합이 행복감에 중요한 역할을 한다. 나를 올곧게 세우니 가족이 눈에 들어왔다. 나와 다른 그가 이제는 보였다. 다름을 인정하니 내 마음 또한 가벼워졌다. 강의하며 만난 다양한 사람들과 함께 쾌(pleasure)를 나눈다. 강의하며 다양한 사람들과 만나며 즐거운 시간 또한 나만의 행복 압정이다. 종이신문을 읽었을 뿐인데 결국 내 인생 곳곳에 행복 압정이 깔려있다. 나만의 행복 압정을 밟으며 나는 오늘도 즐거운 비명을 지른다.

신문을 통해 나를 알다

내가 나를 모르는데 난들 너를 알겠느냐.

한 치 앞도 모두 몰라 다 안다면 재미없지.

김국환 가수가 부른 <타타타> 라는 노래 중 일부다. 어릴 때는 뭣도 모르고 그저 흥얼거리던 그 노래 가사가 지금은 농도가 매우 다르게 느껴진다. 짧은 노래 하나에 삶 전부가 다 들어 있다. 생(生)에서 느낄 수 있는 모든 농도가. 중년인데도 나를 잘 몰랐다. 나를 나 스스로 잘 알아야 타인에게 휘둘리지 않는다. 이 모든 게 나를 잘 몰라 생긴 것만 같았다. 그러고 보면 어릴 땐 자기소개를 많이 했다. 학교에서도 직장에서도 나에 대해 알고 싶어 했다. 그럴 때마다 나는 어떤 사람인지를 이야기해야 했다. 나이를 먹어가면서 점점 나를 소개할 일도 없어지고 아이 엄마로 살며 누구 엄마라는 호칭으로 불리면서 까마득하게 나를 잊어버렸다. 나를 알고 나 자신을 찾고 싶어 신문 자료를 활용해 그런 시간을 가졌다. 꽃이 피듯 하나하나 잎 속에 나를 나타내는 단어를 신문에서 찾아 붙였다. 난 어떤 사람인지 아니면 되고 싶은 무언가를 써 보았다. 신문 속 표제 글자를 활용해 하나하나 오려서 풀로 붙였다. 마음속 숨어 있던 쾌감이 포르릉 포르릉 솟구쳤다. 엄지와 검지에 묻은 풀이 어딘가에 흩어져 있던 열정을 내 마음속에 딱 붙여주었다. 찾은 글자를 이용해 나에 대한 글을 써 내려갔다. 이미 무언가 이뤄낸 기분이었다. 단어에 새싹을 그리고 있으니 조그마한 새싹이 꼬깃꼬깃 구겨졌던 지폐를 펼치듯 쑥 고개를 내밀었다. 고개 내민 새싹에서 울음 끝 긴 아이가 훌쩍거림을 멈추고 슬며시 나를 쳐다보고 있었다. 익숙한 느낌의 그 아이는 엄마에게 상처받고 울고 있던 어린 나였다. 우는 소리가 들릴까 봐 숨죽여 울던 아이가 울음을 멈춘 걸 보니 마음이 놓였다. 이제라도 구겨진 어린 내가 펼쳐내서 다행이라고 응원하는 마음 가득 안은 미소를 지어 보였다.

신문 테라피를 통해 나를 기록하고 공유함으로써, 내 삶을 더욱 의미 있게 만들어 나갈 수 있었다. 내 삶이 더욱 풍요로워지는 건 덤이고 마음 근육을 키우게 되었다. 인생을 살아가면서 제일 중요한 건 바로 나를 아는 것이다. 나다움을 알게 되었다는 게 그 무엇과도 바꿀 수 없는 신문 테라피로 얻은 커다란 소득이다.

표제로 돌아본 내 삶

"세상에 끌려다니지 않는 삶? 책 속에 답이 있어요"
<2024년 12월 21일 조선일보 발췌>

24년 어느 겨울날. 조선일보에 실린 기사 제목이다. 노벨문학상을 받은 한강과 함께 교보문고 출판 어워즈 '올해의 작가'가 된 고명환에 대한 인터뷰 기사였다. 표제를 보고 고명환의 생각을 내 생각이 담긴 표제로 바꾸어봤다. 마치 명언을 보고 내 방식으로 재해석하는 것처럼 말이다.

"타인, 가족에게 끌려다니지 않는 삶? 신문 속에 답이 있어요."

고명환은 세상에 끌려다니는 느낌으로 살다가 어느 날 교통사고를 당한다. 죽음의 문턱에 다녀온 그는 간절한 마음으로 책을 읽다가 독서를 통해 인생의 의미를 찾았다. 인터뷰한 기자가 어떤 책을 읽으면 좋을지 물어보자 이렇게 답한다. 니체가 낙타, 사자, 어린아이로 구분한 인간 성장 단계를 독서에 적용해서 말이다. 시키는 대로 힘든 짐을 지고 사는 낙타가 있다. 낙타는 유명한 책, 즉 베스트셀러를 말한다. 사자는 자신의 의지대로 사냥한다. 그러니까 내 입맛에 맞는 책이나 내가 가치를 부여한 책이라고 말할 수 있다. 마지막으로 어린아이의 독서는 진정한 자기 초월로 독서 그 자체가 즐거움이고 목적이다. 인간 성장 단계를 보고 내 삶을 들여다보았다. 어린 시절과 청년 시절에는 누군가에 의해 끌려다니기만 하며 내 의사 표현을 하지 않았다. 그 시절은 내 삶 속에서 낙타였다. 가정을 꾸리며 조금씩 나를 돌아보며 신문이라는 매개체를 만나 내 의지가 생긴 그 시절은 바로 사자의 시기다. 마지막으로 내가 가고자 하는 방향인 새로운 가치를 창조하며 신문 속에서 진정한 나를 발견하고 내 삶 속 온전한 주체가 되는 것, 즉 어린아이의 독서가 바로 그것이었다.

신문 속 표제만으로 나는 내 삶을 돌아보게 되었다. 제목을 보고 그냥 지나치지 않고 나만의 질문으로 바꿔

만들어보고 타인, 가족에게 끌려다니고 싶지 않은 내 삶을 돌아보았다.

'끌려다니지 않으려면 어떻게 해야 할까? 기사를 읽으면 해결책이 나와 있을까?'

표제를 보고 질문을 생각하니 궁금해졌다. 기사를 읽으니 결국 알게 되었다. 성찰이란 게 거창하지 않다는 걸. 표제를 보고 나에게 질문해 보고 마음을 들여다보기. 그것만으로도 내 마음 근육이 아주 조금은 단단해졌음이 느껴졌다.

너에게 선물할게, 신문 테라피

　신문을 읽다가 내 이야기를 하는 줄 알고 깜짝 놀랐다. 우울증이란 현대 사회에서 매우 흔하게 발생하는 정신 건강 문제 중 하나다. 결국 개인 삶 속 질이 저하될 뿐만 아니라 사회적으로도 큰 비용을 초래하는 마음의 병이 바로 우울증이다. 나 또한 우울증이었다. 무기력하고 에너지가 소진되어 아무것도 할 수 없었다. 손에 아무것도 잡히지 않는다는 게 뭔지 알게 되었지만 그땐 아무 생각도 할 수 없었다. 이것도 그 시기가 한참 지나고 나서야 알게 되었던 마음이다. 정말 그때는 생각조차 없었다. 우울증을 예방하고 치료하기 위해서는 마음의 생활 쓰레기를 처리하는 것이 중요하다고 기사는 말한다. 일상 속 쓰레기가 생기듯 마음에도 쓰레기가 생긴다. 하지만 마음에 생긴 쓰레기를 방치하면 썩는다. 생활하다 생기는 쓰레기는 잘도 버리면서 왜 마음 쓰레기는 처리하지 않고 놔둘까? 그러다 보니 마음속에 쓰레기가 썩어버려 악취가 나고 결국 병까지 일으키게 되는 원인이 된다. 쓰레기를 방치하니 병이 나는 건 바로 나였다. 마음 생활 쓰레기가 생길 때마다 묵히지 않고 청소해야 한다. 일기를 쓰거나 산책이나 운동을 하거나 아니면 누군가와 이야기를 나누어도 좋다. 하지만 계속해서 반복되는 쓰레기가 있는데도 치워지지 않는다면 전문가의 도움을 받아야 한다. 나도 약도 먹고 전문가의 도움도 받았다. 개인적으로 심리 상담을 하면서도 그 시간이 아주 조금은 도움이 되겠지만 근본적으로는 스스로 바꾸려는 의지가 있어야만 한다고 생각한다. 우울증이 너무 심할 땐 아무것도 할 수 없어서 그저 시간이 흘러가도록 내버려두었다. 다른 누구와 말하거나 밖에 나가는 자체가 버거웠다. 약을 먹으며 전문가의 도움을 받으면서 묵직한 침묵으로 버티었다. 아주 조금씩 나아지고 있지만 여전히 힘들었다.

 기사를 읽으며 내 마음속 쓰레기는 무엇일지 궁금했다. 떠오르는 마음속 쓰레기를 묵히지 않고 쓰레기봉투에 담아서 버렸다. 그러다 신문 속에서 <볼 때마다 기

분 좋아지는 이름, 존재만으로도 세상에 힘이 되는>이라는 문구가 눈에 띄었다. 나에겐 우리 아들이 바로 그런 존재였다. 우리 아들을 떠올리자 이미 내 마음속 쓰레기가 없어지는 느낌이었다. 기중기로 거대한 내 마음 쓰레기를 들어 올려 옮기고 있었다. 거대한 쓰레기를 들어 올리자 막혔던 숨이 살짝 쉬어진다. 생긴 틈으로 숨이 쉬이 쉬어진다. 가뿐하게 숨 쉬고 싶다. 코로 들어온 파동 가득한 숨이 내 단전까지 쭉 가게 내버려두고 싶다. 마음의 생활 쓰레기를 처리하는 또 다른 방법은 뭐가 있을지 생각해 보니 마구 떠올랐다. 집 바로 앞 공원 산책하기, 커피 마시기, 매일 읽고 쓰기 등. 어린 시절부터 쌓여온 마음 쓰레기들이 무거워 기중기까지 동원했다. 쓰레기가 생기면 방치 말고 버리고 재활용하자. 내 눈에 붙은 눈곱만큼이라도 나아진다면 그것들이 쌓여 어느새 내 눈이 환해질 거다.

기고 — 마음의 '생활 쓰레기'도 방치하면 썩는다

2 학장: 마음 talk talk

마음토톡

생각그림 — 걱정이 많아서 걱정

정우

공원

꿈

0세부터 100세까지

    그저 종이 신문을 읽었을 뿐인데 읽다 보니 신문활용 교육이 궁금해졌다. NIE를 배우면 배울수록 나에게 크게 다가왔다. 신문이 논술처럼 다가온 게 아니라 내 삶의 가치를 가꾸어가는 도구로 찾아왔다. 매일 읽는 신문 속에서 하루하루를 충실히 살아내며 의미와 가치를 찾았다. 어릴 때부터 느꼈던 감정들을 드디어 표현할 수 있었다. 힘들었다고만 느꼈던 세월이 나를 알아가며 조금씩 나를 일으켜 세웠다. 마음 근육을 만들며 깨달았다. 내 삶은 여전히 뜨거운 것을. 내 삶을 나답게 만들어줄 벼리의 정원에서 지금도 성장하고 있다.

    읽고 쓰며 시간이 흐르다 보니 아이들과 신문으로 만나며 이야기를 나눈다. 읽고 끝내지 않고 내 삶과 적용해 본다. 성인과도 신문 활용이나 부모 교육으로 만난다. 어르신들과도 감정에 대해 알아보며 활동한다. 종이 신문을 읽다 보니 내 삶은 변했다. 감정을 알고 표현하고 나를 알게 되었다. 어린 시절부터 나를 끊임없이 구덩이에 넣고 있던 건 바로 다름 아닌 나였는지도 모른다. 내 삶을 내가 책임지고 주체적으로 살고 싶었다. 그걸 깨닫게 된 지금부터라도 나만의 속도로 읽고 쓰며 성장하고 있다. 나만의 속도가 남들보다 느리다고 생각했는데 문득 고개를 들어보니 0세부터 100세까지 만나고 있다. 인생에서 삶의 방향을 잃고 누군가가 나를 구해주기만을 소원했다. 스스로 헤쳐 나갈 생각은 애초에 가지지 않았다. 그러다 신문을 통해 깨닫고 나니 다른 이에게도 알리고 싶었다. 분명 나처럼 안개 속에서 누군가를 기다리며 머무는 사람이 있을 터였다. 원인을 알면 마음속 두려움은 사라지기 마련이다. 그 원인을 함께 알아가고 싶다. 다른 사람에게 휘둘리지 말고 스스로 생각하자. 신문 테라피하며 하루를 살더라도 나답게 살아가 보자. '벼리의 정원'에서 함께 신문 테라피할래요? 인생의 주인공은 그 누구도 아닌 바로 나니까요.

(부록) 벼리의 신문 테라피

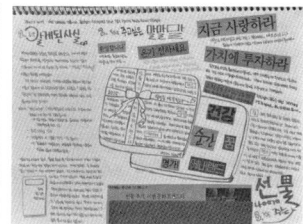

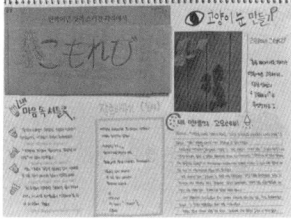

매일 아침 라테를 마시면서 색연필 들고 종이신문을 읽는다. 그리고 오리고 붙이고 끼적인다. 소소한 나만의 힐링 순간이다. 매일 아침 똑같은 내 루틴이다. 신문이 오지 않는 일요일을 제외하고 말이다.

에필로그

너에게 쓰는 편지

2024년 11월 8일 경향신문. <당신의 가슴과 접속하는 시간>을 읽으면서 내 휴대전화 속 사진들을 살펴봤다. 사진들 속에 나는 없고 온통 꽃, 초록, 그리고 우리 아들이 있었다. 내가 좋아하고 사랑하는 것을 담은 사진이었다. 사진을 보는 건 단지 그걸 보는 행위가 아니다. 기억을 통해 자기 삶의 의미를 재탐색하는 시간이다. 사진첩 속 가득한 우리 아들을 들여다보니 각각의 기억이 떠올랐다. 그렇게 추억을 더듬어가고 있었다. 기억과 추억이 내 마음에 닿으니 언제나 거기엔 우리 아들이 있었다.

사랑하는 우리 아들에게

안녕? 우리 아들. 엄마야. 널 사랑하고 사랑하는 엄마.

아들. 지금 너는 어떤 생각을 하고 있을까? 과연 이 책을 끝까지 읽었을까? 엄마가 써 내려간 이야기들을 읽은 너의 마음은 어떨까? 언제나 너에게 우리 둘은 비밀 친구라며 말했지. 나에게 너는 나만의 대나무 숲이었어. 누구에게도 하지 못할 말을 조금씩 너에게 털어놓기 시작했지만 전부 다 털어놓을 순 없었어. 앞뒤가 맞지 않는 이야기들을 들으며 고개를 갸웃하기도 했던 너였지만 언제나 묵묵히 들어준 우리 아들에게 그저 고마웠어.

사람은 혼자가 아니라 함께하는 거야. 근데 나를 위해 쓴 책으로 인해 걱정이 앞선다. 각자 갖고 있는 기억이 틀릴 수도 있을 텐데 지극히 나만의 관점에서 바라본 모든 일들에 대해 우리 아들이 곡해하지는 않았으면 해. 그저 '우리 엄마가 그랬구나.' 하고 바라봐주면 좋겠어. 물론 이것도 나의 작은 바람일 뿐이야. 우리 아들이 생각하고 싶은 대로 생각하면 돼. 내가 아이일 때부터 살아왔던 내 발자취를 남겨 보았어. 어설픈 내 글솜씨로 말이야. 생각했던 걸 글로 표현한다는 건 쉽지 않더라. 적당한 말을 찾기도 어렵고 알고 있는 어휘도 한정적이어서 더 그랬던 거 같아. 물론 용기도 필요했고. 힘들고 어려운 작업이었지만 글로 쏟아내면서 나를 돌아보고 많이 울기도 하면서 책을 써 내려갔어.

엄마가 살아가면서 힘들고 포기하고 싶은 순간마다 결국 행복한 추억을 떠올리며 하루를 살아낼 힘을 얻은 거 같아. 그렇게 추억과 기억이란 그걸 곱씹게 되고 원동력 삼으면서 인생을 살아가게 만드는 힘이지. 우리 아들이 살아가며 너에게도 그런 추억과 기억이 있으면 좋겠다. 그래서 네가 살아가며 힘든 순간에 꺼내어 볼 수 있게. 그리고 살면서 네가 느끼는 감정들에 대해 온전히 깊게 들여다보며 너 자신을 살피는 시간을 가져. 엄마는 안개 속에 나만 덩그러니 있는 느낌으로 살았어. 감정을 알지도 못하고 표현하지도 않은 채로 살아가니까 내가 나를 투명 감옥에 가둬두게 된 거 같아. 너는 너를 알고 바라보는 시간을 가지며 살아가길.

우리 아들에게 있어서 엄마는 최고의 엄마가 아니야. 하지만 나는 다른 누구보다 너에게 최선을 다하는 엄마가 되고 싶었어. 배움도 짧고 경제적 능력도 없고 더군다나 마음 그릇이 깊지 않아 너를 품어주기 힘든 나였지만 내가 할 수 있는 선에서 최선을 다하고 싶었지. 그래서 나는 지금도 고민하며 너에게 부끄럽지 않은 엄마가 되기 위해 살아가고 있어.

인생을 살다 보면 선택의 순간이 올 거야. 그때 오롯이 네가 선택하고 책임도 네가 져야만 해. 하지만 네 선택이 힘들게 너 자신을 짓누를 날이 올 수도 있어. 하지만 너에 대한 소신과 확신으로 선택하면 후회가 조금은 덜하지 않을까? 너에 대한 소신과 확신을 키우기 위해 매 순간 소중히 여기며 살아갔으면 좋겠어. 나중에 행복해지는 삶을 꿈꾸는 대신에 지금, 이 순간을 만끽하며 살아가렴. '메멘토 모리'. 언제나 행복한 인생을 꿈꾸는 우리 아들에게 말하고 싶은 건 행복은 멀리 있지 않고 지금도 바로 너의 곁에 있다는 사실이야. 오늘을 소중히 여기고 몸도 마음도 건강하게 살아가자.

마지막으로 엄마가 너에게 하고 싶은 말은 '넌 절대 혼자가 아니야. 너를 사랑하는 누군가가 있다는 걸 꼭 알았으면 해. 너를 사랑하는 엄마와 아빠가 있다는 중요한 사실 말이야.' 우리 아들이 이 세상에 많고 많은 부모 중에 우리에게 와 준 사실만으로도 참 감사해. 귀하디귀한 우리 아들. 고마워. 사랑하고 또 사랑해.

너를 사랑하고 영원히 사랑할 엄마가

너에게 선물하게, 신문테라피

초판 1쇄 인쇄 2025년 12월 22일
초판 1쇄 발행 2025년 12월 22일

지은이   가드너벼리

기획   글로성장연구소
디자인   포레스트 웨일
펴낸이   포레스트 웨일
펴낸곳   포레스트 웨일
출판등록   제2021 - 000014 호
주소   충청남도 아산시 탕정면 용머리길 40 유니콘101 216호
전자우편   forestwhalepublish@naver.com

종이책   979-11-94741-74-9

작가님들과 함께 성장하는 출판사
포레스트 웨일입니다.
작가님들의 소중한 원고를 받고 있습니다.
forestwhalepublish@naver.com